깨달음, 이것이다!

그것

어느 여름날 오후, 열린 창문을 통해 푸른 하늘을 바라보고 있었다. 멀리 넓게 펼쳐진 하늘 아래 고가차로가 지나고, 그 위로 가로등 하나가 허공에 실루엣을 드리운 채 서 있었다. 나는 소파에 앉아 편안한 마음으로 아무런 의도 없이 미동도 하지 않은 채 하늘을 바라보고 있었다. 그냥 초점 없는 시선을 허공에 던져둔 채.

꽤 오랜 시간이 흐른 듯이 느껴졌지만, 점차 저녁으로 다가가면서 푸른빛이 엷어지기 시작하는 하늘은 내 시선을 묶어 두고 있어서 하늘에서 눈을 뗄 수가 없었다. 생각들이 점차 가라앉으며 마음도 열린 허공처럼 비워지기 시작했다. 시간 감각이 무뎌졌다. 그리고 또 얼마나 지났을까? 가늠할 수가 없었다. 시간이 정지하면서 점차 모든 것이 허공 속으로 녹아내리는 것 같았다. 그러면서도 도수 낮은 와인을 마신 것처럼 얼굴이 화끈하게 달아오르면서 감미로운 기분이 온종일 계속되었다.

그 뒤 '그것'은 운전을 하던 도중에 찾아왔다. 해가 지기 시작하고 땅거미가 내릴 무렵, 시외에 볼일 보러 나갔다가 집으로 돌아오고 있는 중이었다. 백양터널 앞 톨게이트를 지나기 위해 정차해 있을 때, 갑자기 시야가 흐릿하게 느려졌다. 그리고 생각과 시간이 멎으면서 진공 상태로 들어가는 느낌이 찾아왔다. 그것은 차를 몰고 집에 도착할 때까지 계속되었는데, 처음으로 느끼는 체험이었으며, 언어로 표현하기는 힘들다.

몇 주 후 해운대 센텀시티에 있는 친구 사무실을 찾아갔을 때였다. 그 사무실은 12층에 있었는데, 나는 소파에 앉아서 창밖으로 거리를 내려다보고 있었다. 친구는 나와 대화를 나누다 일이 있어 잠시 밖으로 나가고 없었다. 창밖의 건물들과 거리, 차도에 초점 없이 시선을 던져두고 있었다. 그런데 점점 몸과 마음이 아득하게 밑으로 가라앉기 시작했다. 마치 밑이 없는 우물에 끝없이 가라앉는 느낌이었다. 시간은 점차 느려지다가 멎었고, 생각 또한 텅 빈 공백 상태였다. 다시 친구가 돌아와서 대화를 이어 갔지만 그의 말은 하나도 귀에 들어오지 않았다. 마치 '나'라는 배우가 그와 이야기하고 있는 것을 옆에서 물끄러미 구경하는 느낌이었다.

다시 두어 달 뒤에는 한 번도 겪어 보지 못한 압도적인 체험이 찾아왔다. 저녁에 집에 돌아와 책상 앞에 앉아 있는데, 갑자기 온몸에 힘이 쭉 빠지면서 마치 몸과 마음, 존재 전체가 허물어질 것 같은 기분이 들었다. 그 느낌은 너무나 압도적이어서 뒤이어 이러다가 곧 죽을 것 같다는 생각이 들었다. 이때까지 아픈 적도, 아픈 곳도 없었는데 왜 이러지 하는 생각이 들었지만 곧 죽을지도 모른다는 느낌은 이제

예감이 아니라 점점 현실처럼 느껴졌다.

　할 수 없이 옷을 입은 채로 안방으로 가서 침대 위에 누웠다. 다른 것은 아무것도 생각나지 않았다. 몸은 탈진과 함께 점점 팔다리가 굳어져 가고 있는 것이 느껴졌다. 내가 죽어간다는 것은 이제 느낌이 아니라 피할 수 없는 현실로 받아들이지 않을 수 없다는 것이 점점 확실하고 명백해졌다. 죽음에서 빠져나갈 수 없다는 생각이 확실해지자 "그래, 그럼 죽지 뭐." 하고 모든 것을 놓아버렸다. 그러고 나서 선잠이 들었는데, 몇 시간 뒤 깨어나 보니 몸은 원 상태로 회복되어 있었다.

　그로부터 몇 주가 지난 어느 토요일 오후, 여느 때처럼 동네 뒷산을 오르고 있었다. 산등성이를 따라 난 산책로를 한 바퀴 돌아서, 인적이 드문 숲 속으로 난 오솔길을 혼자서 걷고 있었다. 흙 계단을 막 오르면서 무심코 고개를 들어 위쪽을 쳐다보았다. 그런데 이것이 어떻게 된 일인가? 별안간 모든 것이 텅 비어 있었다. 눈앞에는 분명히 빽빽한 나무들과 나무 등걸, 침엽수 잎들, 그리고 하늘이 펼쳐져 있었는데도 갑자기 모든 것이 사라졌다. 진공과도 같은 텅 빈 공간만이 오롯했다.

　나는 깜짝 놀라는 한편 일순간 멍해져서 걸음을 멈추었다. 모든 것이 투명하게 텅 비어 있다는 사실은 너무도 명백했다. 그러나 텅 빔에 대한 자각, 의식만은 너무나 뚜렷했다. 그와 함께 잇따라 일어난 것은 그 '텅 빔'이 바로 '나'라는 자각이었다. 그런데 그것은 너무나 친숙했으며 언제나 함께 있어 왔다는 깨침과 함께 슬며시 웃음이

나왔다.

돌이켜 보면 그것은 감각을 통한, 시각을 통한 체험이 아니라 존재 전체를 통한 통각적인 앎이었다. 결국 내가 나를 찾고 있었던 것이다. 그 '텅 빔'은 존재하는 모든 것이요, '나'이기도 했다. 그것에는 개체적 동일시가 일체 없었으며, 그것은 단지 의식의 주관성으로서의 '나'였다.

그것은 분명 꿈도 환상도, 백일몽도 아니었다. 너무나 뚜렷하고 명백했다. 그리고 황홀감이나 어떤 감정적인 기분이나 분위기도 동반하지 않았다.

몇 달 동안 진행된 이 같은 일련의 체험을 통해 무슨 신비적인 능력이나 경천동지할 깨달음을 얻었다는 것은 아니다. 다만 붓다 이래로 여러 조사(祖師)들과 근대의 여러 각자(覺者)들의 진술이 헛된 말장난이 아니었다는 것을 확인할 수 있었다.

이와 함께 점차 시간이 지나면서 이전의 고질적인 습관들이 하나씩 자연스럽게 떨어져 나가는 것을 지켜볼 수 있게 되었다고 말할 수 있다.

가장 두드러진 변화는 물론 내면적인 변화인데, 지나간 일들에 대해 곱씹는 습성들이 거의 사라졌다는 것이다. 과거 일을 재생하지 않으니 자연히 다가올 일들을 앞당겨서 근심하는 일이 없으며, 따라서 생각 없음의 내면 공간이 점점 늘어난다는 것이다. 그리고 생각이 일어나더라도 이전처럼 계속 이어지는 것이 아니라 중간에 구름이 흩어지듯이 사라져 버리곤 한다. 과거 일도 굳이 초점을 맞추지 않는 한 잘 생각나지도 않으며, 생각이 적어지니 '내가 누구'라는 과거의 정체성도 점차 희미해져 의식의 표면에 잘 떠오르지 않는다.

햇빛이 비치는 거리만 바라보아도 너무나 평화롭고 모든 것이 완전함이 느껴진다. 삶은 이전처럼 변함없이 굴러가지만 근심은 없다.

• 차 례 •

1부

깨달음으로의 초대

삶은 끊임없이 내면의 허기와 불만, 고통과 불안을 통해

그대가 스스로에게 건 마법에서

깨어나라는 신호를 보내고 있다.

그대는 언제까지 삶이 보내는

깨달음으로의 초대를

외면할 것인가?

이제 집으로 돌아가자

그대는 왜 굳이 깨닫기를 원하는가?

무엇이 그대로 하여금 깨달음을 갈망하게 만드는가?

궁극적으로는 두려움과 근심 없이 행복하게 살기 위해서가 아닌가?

그러나 굳이 깨닫지 않더라도 때로는 기뻐하기도 하고 슬퍼하기도 하면서 그럭저럭 살 수도 있지 않은가?

물론 그럴 수도 있을 것이다. 그러나 살아가면서 진정한 행복과 지복은 알지 못할 것이다. 불안과 근심, 두려움은 그대의 목덜미를 잡고 놓아주지 않을 것이다.

깨달음을 향한 여정은, 존재의 궁극적인 실상을 알고자 하는 욕구는 대개 어떤 알 수 없는 내면의 부름에 의해서 촉발된다. 그 부름은 그대의 의식이 어느 정도 성숙해져야 알아차릴 수 있다. 시절인연이 무르익어야 깨달음을 향한 여정도 시작된다.

누구나 어렸을 때 이런 기억이 한두 번 있을 것이다. 아이는 동네 앞 냇가에서 동무들과 모래성을 쌓는 놀이에 정신이 팔려 있다. 그는 놀이에 빠져 있어서 날이 저무는지도 알아채지 못한다. 날이 어둑어둑해지자 엄마가 아이를 찾아 나선다. 엄마는 동네 앞 냇가에서 모래성을 쌓고 있는 아이를 발견하고는 외친다.

"얘야! 날이 저물었어. 저녁 먹어야지. 집으로 가자!"

그제야 아이는 번쩍 정신이 들어서 쌓던 모래성을 내팽개치고 엄마 손을 잡고 집으로 돌아가기 위해 길을 나선다.

집으로 돌아가자는 엄마의 목소리가 바로 내면의 부름이다. 그대의 본성은 기회가 되면 언제나 집으로 돌아오라고 그대를 부른다. 그러나 그대가 모래성 쌓기에 정신이 팔려 있는 동안은 그 부름을 듣지 못한다.

돈, 명예, 성공에의 욕구 등은 모래성 쌓기와 같다. 그것들에 정신이 팔려 있는 동안에는 집을 나와 있는지, 또 집으로 돌아가야 하는지조차 알지 못한다.

그래서 엄마가 집 나간 아이를 부르듯 삶은 그대에게 고통을 줌으로써 집으로 돌아오라는 신호를 보낸다. 삶이 무엇인가 허전하고 불만스럽고, 채워도 채워지지 않는 갈증이 느껴진다면, 이제 집으로 돌아갈 때가 되었다는 신호이다.

그대가 여전히 모래성 쌓기에 열중하고 있다면, 아직 때가 멀었다. 그래도 삶은 머지않아 그대가 감당할 수 없는 고통을 줌으로써 그대를 집으로 돌아오라고 부를 것이다.

삶이 그대에게 "얘야, 이젠 집으로 돌아가자!"라고 부를 때, 모래성은 미련 없이 버리고 집을 찾아 나서라.

　마치 예수가 베드로에게 "나를 따르라!"고 말했을 때, 아무런 미련 없이 고기 잡던 그물을 내팽개치고 예수를 따라갔듯이. 그리하여 집을 떠나 고통 속에서 꿈속을 헤매는 방황을 그만두고 행복과 지복이 넘치는 집으로 돌아오라!

부처도 예수도 갈 수 없는 곳

깨달음은 그대에게 해방을 가져다준다.
해탈은 모든 번뇌의 뿌리를 단숨에 잘라 버린다.

깨달음의 체험이 없다면, 해탈의 상태가 어떤 것인지
그대는 알 수가 없다.
깨달음이 번뇌를 어떻게 단숨에 뿌리 뽑아 불태워 버리는지는
깨달은 사람 또한 알 수가 없다.

해탈은 생각으로 알 수 없는 것이다.
그곳은 생각으로 미칠 수 없기 때문이다.
생각이 미칠 수 없는 곳은 부처도 예수도 갈 수 없는 곳이다.
부처도 예수도 이름이요, 생각에 지나지 않기 때문이다.

생각이 미칠 수 없는 자리는
참으로 고요하고 단순하며 밝고 명료하다.
생각하되 생각하는 사람이 없고, 행동하되 행동하는 사람이 없다.
말하되 말하는 사람이 없고, 노래하되 노래하는 사람이 없다.

거기에는 아무도 없다.
손님도 없고 주인도 없다.

착한 사람도 없고 악한 사람도 없으며,
좋은 사람도 나쁜 사람도 없다.
아이도 없고 어른도 없으며,
태어난 사람도 죽을 사람도 없다.

그곳에는 아무런 근심과 번뇌가 없다.
근심과 번뇌를 짊어질 '사람'이 없기 때문이다.

생각이 미칠 수 없는 그곳이 그대의 본향이요, 집이다.
그대는 지금까지 한 번도 그곳을 떠난 적이 없다.
집 안에 앉아서 잃어버린 집을 찾고 있는 것이 그대이다.

깨달음은 그대가 한 번도 집을 떠난 적이 없다는 사실을
확인하는 것에 불과하다.
그대는 결코 집을 떠난 적이 없다.

그것만 알게 되면 모든 근심과 불안이 달아나 버린다.
그대는 해방과 자유의 땅을 밟게 된다.
참으로 놀랍고 불가사의하지 않은가?

고통 없이 사는 법

신광이 소림굴에서 면벽하고 있던 달마대사를 찾아갔다.

한겨울이었고 밤새 큰 눈이 내렸다. 신광은 달마대사가 좌선하고 있는 굴 밖에 서서 꼼짝도 않고 밤을 지새웠다. 새벽이 되자 눈이 무릎이 넘도록 쌓였다. 굴 밖으로 나온 달마대사는 그때까지도 꼼짝 않고 눈 속에 서 있는 신광을 보았다.

"네가 눈 속에서 그토록 오래 서 있는 것은 무엇을 얻고자 함이냐?"
"바라건대 대사께서는 감로의 문을 여시어 어리석은 중생을 제도해 주소서."

"부처님의 도는 오랜 시간 동안을 부지런히 정진하며, 행하기 어려운 일을 행하고 참기 어려운 일을 능히 참아야 얻을 수 있다. 그러하거늘 너는 아주 작은 공덕과 지혜, 경솔하고 교만한 마음을 지니고 있으면서도 참다운 법을 바라는가? 모두 헛수고일 뿐이다."

달마대사의 이 말을 들은 신광은 홀연히 칼을 뽑아 자기의 왼쪽 팔을 잘랐다.

달마대사는 말했다.

"모든 부처님들이 처음에 도를 구할 때는 법을 위하여 자신의 몸을 잊었다. 네가 지금 팔을 잘라 내 앞에 내놓으니 이제 네가 구하는 바를 얻을 것이다."

달마대사는 신광에게 혜가(慧可)라는 새 이름을 지어 주었다.
그러자 혜가는 물었다.

"부처님의 참된 법을 일러 주소서."
"부처님의 법은 남에게서 얻는 것이 아니니라."

"제 마음이 편하지 못합니다. 대사께서 편안하게 하여 주소서."
"편치 못한 네 마음을 여기에 가져오너라. 그러면 편안하게 해 주겠다."

잠시 시간이 흘렀다.
혜가가 고백했다.
"아무리 찾아도 마음을 찾을 수 없습니다."
"내 이미 너를 편안케 하였느니라."

삶의 고통은 어디서 오는가?
그 근원을 찾을 수 있다면 고통에서 벗어날 수 있으리라.

모든 고통은 '나'로부터 비롯된다.
'내'가 있기 때문에 괴로운 것이다.
따라서 '내'가 없다면 고통 또한 없다.

혜가는 달마에게 "내 마음이 편치 못하니 내 마음을 편하게 해 달라."고 요청한다. 그는 '내'가 있고 또 '마음'이 따로 있는 줄 알고 있다.

이에 달마는 "편치 못한 네 마음을 내놓아 봐라."고 주문한다.
혜가는 그제야 진지하게 자신의 내면을 탐색한다.

마음은 고정된 실체가 없다.
그래서 찾아보면 찾을 수가 없다.
생각이 멈추면 '마음'도 없고 '나'도 없다.
나도, 마음도 생각이 지어내는 환영이며,
모든 정신적 고통은 이 환영에서 비롯된다.

혜가는 마침내 아무리 찾아봐도 마음을 찾을 수 없다고 고백한다.

이 단순하고도 명백한 앎이 깨달음이다.
여기에 어디 고차원적이며 어려운 것이 있는가?

나도 없고, 마음도 없다.
이 단순한 진리가 그대를 고통에서 해방시킨다.

궁극적인 자기실현은 깨달음이다

심리학자인 매슬로우는 인간의 기본적 욕구를 생리적 욕구, 안전의 욕구, 소속과 애정의 욕구, 자존의 욕구, 자기실현의 욕구 등 5단계로 나누었다.

여기서 의식주의 충족과 같은 생리적 욕구와 안전의 욕구는 육체를 지닌 개체로서의 생존을 담보하기 위한 가장 기본적인 욕구이다. 이것이 만족되지 않으면 다른 상위 욕구가 나타나지 않게 된다. 이는 또한 인간뿐 아니라 동물 모두에게도 공통된 것이다.

소속과 애정의 욕구 또한 비단 인간에게만 국한되지는 않는다. 코끼리와 사자, 침팬지 등 무리 생활을 하는 동물들에게도 이 욕구는 존재하며, 개체 간의 털 고르기와 핥아 주기 등의 구체적인 행동으로 표현된다.

그러나 자존의 욕구와 자기실현의 욕구는 오직 인간에게서만 나타난다. 물론 인간이라고 해서 모두에게 이 욕구가 지배적인 것은 아니다. 많은 사람들이 이들 욕구의 필요성을 느끼지 못한 채 살아가기도 한다.

그렇지만 동물에게는 자존의 욕구와 자기실현의 욕구를 찾아볼 수가 없다. 왜냐하면 이 단계의 욕구는 고차적인 것으로 의식이 스스로를 자각할 수 있어야만 발현되기 때문이다. 동물의 의식은 의식 자체를 자각할 수 없다.

그러나 인간의 경우 의식이 생각으로 분화되면서 생각 자체를 자신으로 인식하게 되는 데서 문제가 발생한다. 이것은 일종의 의식의 착시 현상인데, 여기에서 에고가 발생하게 된다.

다시 말해, 생각을 낳는 밑바탕인 의식 자체는 잊혀지고 의식의 작용인 생각을 자신으로 오인하게 된 것이다.

에고의 탄생으로 말미암아 자존의 욕구와 자기실현의 욕구는 변질되지 않을 수 없게 된다. 여기서 의미하는 '자기'는 본체인 의식이 아니라, 작용인 에고가 되기 때문이다.

에고는 홀로 자족할 수 없기 때문에 대상을 탐착하게 된다. 인간의 물질에 대한 욕망과 명예욕, 권력욕은 여기서 생겨난다. 생리적 욕구와 안전의 욕구는 일정한 조건만 갖춰지면 충족될 수가 있다. 이 욕구들은 육체가 원하는 실질적인 것이기 때문이다.

그러나 에고는 충족을 모른다. 에고는 실재하지 않는 허상이며 그림자이기 때문에 포만감을 모른다. 에고는 아무리 먹어도 배고픈 아귀처럼 충족을 모르고 한없이 원하기만 한다.

영적인 깨어남 혹은 깨달음이란 이 같은 의식의 착시 현상을 원래대로 바로잡는 것 이외의 별다른 것이 아니다.

그대의 자기 동일성을 에고에서 의식 자체로 되돌리는 것이다.
에고가 본래부터 존재하지 않는 허상임을 바로 보는 것이다.

한번 그대가 의식의 착시 현상을 바로잡고 에고가 아닌 의식 자체
로 초점을 맞추게 되면 물질욕, 명예욕, 권력욕과 같은, 에고가 갈망
하는 욕망은 자연스럽게 사라진다. 에고가 허상임을 알기 때문이다.

존재 그 자체만으로 충족되며 고요하고 평온해진다. 따라서 인간에
게 있어서 진정한 자기실현은 깨달음 밖의 다른 것이 있을 수가 없다.

궁극적인 자기실현은 깨달음이다.

깨달음으로의 초대

서양에서는 옛날부터 본성을 깨달은 사람들을 신비가라는 이름으로 불러왔다. 신성(神性)에 취한 그들의 말과 행동들이 보통 사람들에게는 도무지 이해되지 않았기 때문에 깨달음을 신비한 그 무엇으로 이해한 듯하다.

그러나 불교와 요가 등이 서양에 전파되고 또 근래에 서양에서도 스스로 깨어나는 사람들이 생겨나기 시작하면서 깨달음은 특이하고 신비한 그 무엇이 아니라 인류에게 보편적이며 공통적인 본질이라는 인식이 자리를 잡아 가고 있다.

사실 서양 전통에서도 깨달음은 그다지 낯설거나 생소한 것은 아니다. 유대교와 이슬람교, 기독교 등 중동에서 발원한 유일신 종교 전통에서도 하시디즘과 수피즘 등 신과의 합일을 추구하는 신비주의 전통이 있다. 그러나 이들 신비주의 전통을 따르는 소수의 사람들은 주류 근본주의자들의 박해를 받았기 때문에 표면으로 나설 수 없었다.

깨달음은 결코 이상하거나 신비한, 그리고 비이성적인 의식 현상이 아니다. 깨달음은 지극히 이성적이면서도 이성을 넘어선다. 깨달음은 초이성적이다. 그러므로 이성으로 해결하지 못하는 문제들은 깨달음을 통해서만 해결될 수 있다. 이것이 이 시대의 모든 사람에게 깨달음이 필연적으로 요청되고 있는 이유이기도 하다.

　이제는 종교학자들조차 깨달음을 기성 종교보다는 한 차원 깊은, 심원한 의식의 변형을 가져다주는 심층 종교로 이해하고 있다.

　그대는 지금 마법에 걸려 있다.
　그대는 자신의 본질은 망각한 채
　엉뚱한 환영에 사로잡혀 두려워하고 고통 받고 있다.
　그러나 그 마법은 어떤 마법사가 있어서
　그대에게 건 마법이 아니다.
　그대 자신이 스스로에게 건 마법이다.

　그러므로 깨달음은 그대 자신이 스스로에게 건 마법에서 풀려나는 것이지 별다른 것이 아니다. 그대는 스스로 마신 마약의 도취에서 깨어나야만 진실로 진정한 삶이 무엇인지를 알 수 있다.

　그대는 지금의 삶이 만족스럽고 더할 수 없이 행복한가?
　아니면 무엇을 하더라도 무언가 미진하며, 불만족스럽고,
　근심에서 벗어나기 힘든가?
　불확실한 미래 때문에 앞으로 자신에게 무슨 일이 닥칠지
　불안한가?
　아무리 채워도 채워지지 않는 내면의 허기를 느끼는가?

　그대가 이 질문들에 대해 '예스'라고 대답한다면, 이제는 스스로 건 마법에서 깨어나야 할 때다. 춥고 바람 부는 벌판에서 방향을 잃어버

린 채 헤매는 방황을 멈추고 집으로 돌아갈 때다.

삶은 끊임없이 내면의 허기와 불만, 고통과 불안을 통해 그대가 스스로에게 건 마법에서 깨어나라는 신호를 보내고 있다.

그대는 언제까지 삶이 보내는 깨달음으로의 초대를 외면할 것인가?

왜 깨달아야 하는가

이미 모든 사람이 깨달아 있다는 것이 진실이라면 구태여 왜 또 깨달아야 하는가? 그대는 아마 이렇게 물을 수도 있을 것이다.

옛날에 지구상의 모든 바다를 합친 것보다 수억만 배 넓은 바다에 물고기가 한 마리 살고 있었다. 그런데 그 물고기는 언제나 목이 말랐다. 그래서 그는 자나 깨나 앉으나 서나 언제나 물을 찾고 있었다.

"아, 목이 말라 죽을 것만 같은데 도대체 물은 어디에 있는 거야?"
물고기는 물을 찾아서 헤매기 시작했다.

태평양에서부터 인도양으로, 다시 지중해를 거쳐서 대서양으로, 북쪽으로 방향을 틀어서 북극해로 그는 아직도 물을 찾아서 바다 속을 헤매고 있다.

물속에서 물을 찾고 있는 이 물고기가 바로 그대이다. 물고기가 바다 속에서 자신이 물속에 있다는 사실을 확인하기 전까지는 목마름이 가셔지지 않는다. 그대 또한 깨달음을, 본래면목을 확인하기 전까지는 그 갈망과 목마름, 무언가를 찾아 헤매는 방황이 그쳐지지 않는다.

어떤 이는 말한다.

"깨닫고자 하는 욕망을 버려라! 그래야 깨달을 것이다."
그러나 그대는 자신의 의지로는 욕망을 버릴 수가 없다.

모든 욕망과 갈망은 그대가 깨달음을 확인하면 자연스럽게 놓이는 것이다. 그대의 노력으로는 결코 욕망 없음에 도달할 수 없다.

그러니 깨달음을 욕망하라. 깨달음은 바다 속의 물고기가 물을 확인하는 것과 같아서 결코 어렵지 않다. 물고기가 물속에서 태어나 물을 떠나서는 살 수 없고 아무리 발버둥을 쳐도 물속을 벗어날 수 없듯이, 그대 또한 깨달음 속에 태어나 깨달음을 떠나서는 살 수 없고 깨달음에서 벗어날 수 없다.

그대는 다만 이 사실을 모르고 있을 뿐이다. 분노와 좌절, 헛된 열망과 갈애, 끝없는 목마름과 방황은 이 같은 무지에서 비롯됨을 알아야 한다.

그대가 만일 깨달음을 확인하여 이 같은 무지에서 벗어나려고 하지 않고 눈앞에 보이는 헛된 이름과 모양들을 좇아서 끝없이 내달린다면, 그대에게 주어진 덧없는 시간의 끝에서 그대는 절망과 회한에 사로잡혀 두려움 속에서 죽음을 맞이하게 될 것이다.

이것이 그대가 깨달아야만 하는 이유이다.

마음 감옥

마음은 그대에게 감옥이다.
그것은 그대 자신이 스스로의 생각으로 만든 감옥이다.

그대는 스스로 만든 감옥 속에 앉아서
자유를 갈망하면서 해탈을 추구하고 있다.
그러나 감옥은 실제로는 존재하지 않는다.
그대는 마치 꿈속에서 감옥으로부터 벗어나기를
갈망하는 죄수와 같다.

꿈속의 감옥은 그대가 꿈에서 깨어나면 사라진다.
꿈에서 깨면 그대는 애초에 감옥 같은 것은
존재하지도 않았다는 사실을 알게 된다.
그러나 꿈에서 깨어나기 전까지 감옥은 어디까지나 실재이며,
그것 때문에 그대는 고통 받는다.
그대는 그것이 꿈인 줄 모르기 때문에 괴로워한다.

마음은, 생각과 느낌으로 이루어진 세계는
꿈과 하나도 다를 바가 없다.
마음이 눈을 뜨고 꾸는 꿈과 같다는 사실을 그대가 알지 못한다면,
마음은 감옥이 된다.

그대가 그 꿈에서 깨어나기 전에는 아무리 발버둥을 치더라도
마음 감옥에서 벗어날 수가 없다.
그대의 삶도 끝내 고통으로부터 벗어날 수가 없다.

깨달음은 눈을 뜨고 꾸는 꿈에서 깨어나는 것이다.
지난밤 꿈속 세계는 아침에 눈을 뜨면 모두 사라진다.
그대가 눈을 뜨고 꾸는 꿈에서 깨어날 때, 눈앞의 세계도 사라진다.

그때 그대가 확인하게 되는 것은 나도 세계도, 안도 밖도 없는,
이름 붙일 수 없는 '하나'이다.

그것을 일컬어 마음, 자성, 부처, 불성 등 온갖 이름을
가져다 붙여도 그것은 임시적인 이름일 뿐이다.
그것이 무엇인지는 알려지지 않는다.

언제나 눈앞에 뚜렷한 그것이 그대이다.
그것이 그대의 진정한 정체성인 참나이다.

그대가 참나를 알게 되는 것이 바로
마음 감옥에서 빠져나오는 길이다.
마음 감옥에서 벗어나는 다른 길은 없다.

깨달음은 싱겁다

그대는 '깨달음'이라고 하면
거창하고 신비하고 대단한 그 무엇으로 안다.
그러나 알고 보면 깨달음은 단순하고 싱거운 것이다.
진짜 자신이 무엇인지를 밝히는 것이 깨달음이기 때문이다.

자신이 아닌 사람이 어디 있는가?
언제나 자신이면서도 자신이 무엇인지 모르는 것이 바로 그대이다.
자신이 무엇인지 모르는 것이 근본적인 무지다.
참나를 잊어버린 것이 그대의 원죄다.

이 무지함 때문에, 어리석음 때문에 그대는 온갖 고통을 자초한다.
무엇이 잘못되었는가?

그대는 생각을 자신으로 알고 있다.
참나는 생각이 생겨나기 이전의 자리다.
동시에 생각이 사라져서 돌아가는 자리이기도 하다.

참나는 그대의 본래면목이기 때문에 얻을 수 있거나
수행을 통해 완성되는 것이 아니다.
본래부터 완전한 그대의 정체이다.

한 번만 참나를 확인하면 생각과 동일시에서, 에고에서 해방된다.

'자리'라고 말하지만 어떤 실체나 공간을 의미하는 것은 아니다.
이 자리는 모양도 크기도 색깔도 없는 텅 빈 허공과도 같다.
고요하지만 모든 것을 알아차린다.
여기서 그대는 생각이 일어나고 사라지는 것을 지켜볼 수 있다.

이 자리가 바로 참나이며, 또한 진정한 그대이다.
그러나 이 자리가 확인되지 않으면
그대는 망상과 번뇌에서 헤어나지 못한다.
그래서 삶이 괴롭다.

깨어나는 것은 관심과 의지만 있다면 어렵지 않다.
지금 쓰고 있는 그 마음이 그대로 참나이기 때문이다.

깨달음은 준비된 자에게 주어진다

깨달음은 준비된 자에게만 주어진다.

존재의 실상을 알지 못한 채 삶을 마감한다면,
그대는 다만 먼지에서 나와서 먼지로 돌아갈 뿐이다.

깨달음은 다만 있는 그대로를 확인하는 것이다.
수행을 통해 만들거나 다른 곳에서 얻을 수 있는 것이 아니다.
그대는 태어날 때부터 깨달음 속에 있지만
그 사실을 확인하지 못하면 망상에서 벗어날 수가 없다.

그대는 무엇이 깨달음인지, 무엇이 망상인지 분별하지 못한다.
우선 그대는 자신이 망상 속에 있다는 사실을 자각해야 한다.
그 다음에는 본래 성품을 깨닫기 위해
의도적인 노력을 기울여야 한다.
자신의 진정한 정체성에 대한 의문을 가져야 한다.

미운 오리 새끼가 있었다.
그는 스스로를 못생긴 새끼오리라고 생각했다.
그러다가 우연히 호수에 비친 자신의 모습을 흘깃 한 번 보았다.
한 번만 보았음에도 그는 자신이 못생긴 새끼오리가 아닌 눈부신 백조임을 알아차렸다.

깨달음 또한 그러하다.
깨달음은 참 자아의 발견이다.
이 발견은 단순히 이전에 몰랐던 사실을
새롭게 아는 데만 그치지 않는다.
깨달음은 그대 존재 전체의 질적인 진화를 가져다준다.

깨달은 후 그대는 더 이상
생로병사에 묶인 '먼지'와 같은 존재가 아니다.
깨달음에 눈을 뜨기만 하면 모든 것이 실상이다.
망상조차도 실상이며, 존재하는 모든 것이 진리 아님이 없다.

그대가 그것이다.

생각으로부터의 해방

어떻게 하면 생각을 버릴 수 있을까?

끝없이 이어지는 생각 때문에 고통 받는 사람들은 한번쯤 이런 생각을 해보았을 것이다. 반복해서 이어지는 생각이 곧 번뇌요, 고통이다.

그대는 연습해서 생각을 버릴 수 있는가?

만약 있다면 열심히 연습해 보라. 생각이 과연 사라지는가?

생각이 쉽게 떨쳐질 수 있는 것이라면 어느 누가 번뇌로 인해 수많은 불면의 밤을 지새우려 하겠는가?

흔히들 무심(無心)이라고 하면 아무 생각도 없는 것이라고 여긴다.

아무 생각도 없는 것은 얼이 빠진 것이지 무심은 아니다. 자연스러운 본래 상태인 무심이 아니다.

무심은 아무 생각이 없는 것이 아니다. 생각을 하되 생각이 자취를 남기지 않으므로 생각에 속아서 생각에 휘말려들지 않는 것이다. 생각 자체가 나쁜 것은 아니다. 생각 또한 참나의 쓰임이며 세상을 살아가는 데 유용한 도구이다. 만약 생각이 없다면 문명의 건설이나 우리의 일상적 삶 또한 불가능할 것이다. 문제는 생각을 자신과 동일시하는 것이며, 이 같은 동일시로 인해 생각에 동화되어 사로잡히는 것이다.

참나를, 본성을 확인하지 못한 사람은 무심이 무엇인지 알지 못한다. 생각이 꼬리에 꼬리를 물고 일어나서 생각으로부터 헤어날 수 없기 때문이다. 그러므로 생각은 쉽게 버려질 수 있는 것이 아니다.

오직 그대가 참나를 확인했을 때, 본성을 보게 됐을 때 그대는 무심이 무엇인지 알게 된다. 비로소 생각에서 헤어날 수 있게 된다. 정확하게 말하면 그대가 무심이 되며, 무심이 바로 참나이다.

생각과의 동일시는 그대가 참나를 확인하지 못해서 생각과 그대와의 거리감이 없기 때문에 발생한다. 한 생각이 일어나면 그대는 그것을 곧바로 자동적으로 '자신'으로 여긴다.

그러나 그대가 참나를 확인했다면, 다시 말해 깨달았다면 그대는 생각을 하는 것과 동시에 거리를 두고 생각을 바라볼 수 있게 된다. 이 거리감과 '지켜봄'이 그대와 생각과의 동일시를 막아 준다.

필요할 때는 언제나 생각을 도구처럼 사용하면서도 생각에 휩쓸리거나 매몰되지 않게 된다. 아무리 생각을 해도 마음에 흔적이나 자취를 남기지 않는다.

해탈은 다름 아닌 그대 자신의 생각으로부터의 해방을 뜻한다.

깨달음을 미루지 말라

깨달음은 절대로 어려운 것이 아니다.
숨 쉬고 밥 먹는 것만큼이나 쉽다.
깨달음은 고생해서 얻거나 이루는 것이 아니라,
그대의 존재 자체이기 때문이다.

정말 신기하고 이해할 수 없는 일은,
이렇게 쉬운데도 대부분의 사람들이
자신의 진짜 정체를 모르고
한평생 망상만 하다가 간다는 것이다.

수행한다며 눕지도 자지도 않으면서
애꿎은 몸을 괴롭힐 필요도 없다.

바르게 보고 행하면서 관심과 성의만 있다면
누구나 깨달을 수 있다.

먼 후일이나 다음 생으로 깨달음을 미루지 말라.
다음 생이 있을지 없을지 누가 알겠는가?

깨달음은 지금 여기에서 확인되는 것이지

미래에 이룰 수 있는 것이 아니다.

지금 여기에서 그대의 타고난 권리인 깨달음을 확인하라.
그런 뒤에는 무엇을 하더라도 그대는 자유롭고 행복할 것이다.

에고는 그림자와 같다

참나를 만나기 위해서는
에고(개체 자아)를 없애야 한다고 그대는 알고 있다.
그러나 에고는 없앨 수 있는 것이 아니다.
에고는 실체가 있는 것이 아니기 때문이다.

만일 실체가 있는 것이라면 그대는 그것을 없앨 수 있다.
그러나 실체가 없는 것은 없앨 수도 없다.
다만 그것이 실체가 없는 것임을 바로 보기만 하면
그것은 사라진다.

에고를 없애려 하는 것은
자신의 그림자를 없애려고 하는 것과 같다.
자신의 그림자를 어떻게 지워 버릴 수 있겠는가?
다만 그것이 빛의 부재임을 바로 보기만 하면 된다.

에고도 그림자와 같다.
마음은 참나와 에고, 둘로 나뉘어 있는 것이 아니다.
오직 한마음이 있을 뿐이다.

한마음이 스스로를 육체와 생각으로 한정지을 때, 에고가 된다.

어떤 한계도 없이 본연의 상태로 머물 때, 그것이 참나이다.

그대가 스스로를 육체와 생각으로 한정지을 때조차도
사실 그대는 참나 속에 있다.

경계가 없는 참나를 한정짓는 것이 바로 '생각'이요,
그 생각들의 중심 되는 초점이 '에고'이다.

에고는 참나와 육체를 연결하는 고리와 같다.
그것은 현상계에서 개체의 생존을 담보하기 위해 생겨난 것이다.
에고 또한 진화 과정의 산물이며, 나름대로 담당하는 역할이 있다.

그러므로 에고와 맞서 싸우지 말라.
어떻게 그림자와 싸워서 그대가 이길 수 있겠는가?
에고와 맞서 싸우려 하는 것 또한 에고이다.

다만 에고가 실체가 아님을 바로 보기만 하라.
그러면 에고를 부리되 에고에 사로잡히지 않게 된다.

그것이 진정한 자유이다.

깨달음의 시작

그대는 자신이 목적을 가지고 있으며,
어디론가 가고 있다고 생각할 것이다.
그리고 자신이 삶의 주체이고 행위자임을 믿어 의심치 않을 것이다.

그러나 그대는 사실 아무런 목적을 가지고 있지 않다.
어디로 가고 있지도 않다.

이 진실을 자각하는 것이
그대가 깨달음에 다가서고 있다는 표지이다.
깨달음이 정말 가능해졌다는 첫 신호이다.

만약 그대가 행위의 주체이며
어딘가 목적지를 향해 가고 있다고 생각한다면,
그대는 아직 꿈을 꾸고 있는 것이다.

자신이 어디로도 가고 있지 않다는 것과
어디로 가는지 정말 모른다는 사실을 알게 될 때
깨달음은 시작된다.

기억과 욕망

그대를 살아가게 하는 두 가지 힘은 기억과 욕망이다.
기억은 과거를 낳고, 욕망은 미래를 투사한다.

그렇지만 과거와 미래는 실재하지 않는다.
과거와 미래는 오직 그대의 생각과 상상 속에서만 존재할 뿐이다.

그러나 그대는 언제나 기억과 욕망의 마력에 이끌려 과거와 미래 사이를 오가면서 눈을 뜬 채 꿈속 세계를 헤매고 있다. 이 때문에 그대는 영원한 실재인 '지금'을 언제나 놓치고 있다.

깨어난다는 것은 그대가 과거와 미래를 끊임없이 오가는 방황을 멈추는 것이다. 과거와 미래를 왕래하는 방황을 멈출 때, 그대는 오직 실재하는 시간인 '지금'에 있게 된다. '지금'은 과거·현재·미래에 속하는 시간이 아니다. '지금'이 바로 영원이다.

그대는 언제나 '지금'에 있지만 생각 속에서 과거와 미래를 오가고 있다. 생각이 사라지면 과거와 미래 또한 힘을 잃는다. 역으로 과거와 미래가 사라지면 생각 또한 멈추게 된다. 생각이 멈추면 기억과 욕망도 설 자리를 잃게 된다.

기억이란 무엇인가?

기억이란 그대가 삶에서 체험한 것들의 잔영이 기억 세포에 집적된 것이다. 체험은 언제나 일회적인 것이지만 기억이라는 흔적을 남긴다.

진정한 그대는 그 체험을 지켜보는 그 무엇일 뿐이지만, 기억 때문에 마치 연속적인 체험의 주체가 있다는 착각에 빠진다. 그리고 그 가상의 체험의 주체에 '나'라고 하는 이름표를 붙인다.

그대는 '나의 기억'이라고 말하지만, 진실은 그대가 기억을 그대 자신으로 그릇되게 동일시하고 있는 것이다. 그러므로 엄밀하게 말하면, '나의 체험'이나 '나의 기억'이라고 말할 수 있는 것은 없다. 그것은 마치 그대가 극장에서 영화 한 편을 보고 나서 그것을 '나의 영화'라고 말할 수 없는 것과 같다.

따라서 만약 기억이 없다면 그대에게 '나'라고 동일시할 대상이 없게 된다. 그대가 자신으로 여기는 '나'는 순전히 기억 때문에 존립할 수가 있다.

그럼 욕망이란 무엇인가?

기억에 의해 형성된 주체인 '나'가 무엇인가를 바라고 원하는 것이 욕망이다. '나'가 무언가를 바라고 희망하기 때문에 미래가 생겨나게 된다. 생각은 과거의 기억 속에서 '나'라고 하는 자기동일성을 이끌어

45

내며, 그것을 바탕으로 욕망을 투사함으로써 미래가 생겨나게 된다. 따라서 생각은 가정된 주체인 '나'를 계속해서 유지시키고 존속시키는 연료가 된다.

생각이 '나'를 세우고, '나'는 기억과 욕망을 낳고, 기억과 욕망은 과거와 미래를 투사한다. 과거와 미래에의 집착은 다시 생각을 끊임없이 일으키게 한다. 이 모두는 하나의 원을 이루면서 수레바퀴처럼 끝없이 돌고 돈다. 이 같은 순환 고리가 바로 '마음'이며, 윤회이다.

깨어난다는 것은, 해탈은 이 악순환의 고리에서 탈출하는 것이다.
'나(에고)'라는 것이 기억과 생각에 의해 만들어진 가공의 실체라는 사실을 깨닫는 순간, 과거와 미래는 매력을 잃게 된다. 돌고 도는 생각의 윤회에서 빠져나오게 된다.

참 쉬운 깨달음

깨달음은 참 쉽다.
그대는 언제나 깨달음 속에 있기 때문이다.

이 말도 정확하지는 않다.
그대가 바로 깨달음이다.

한번 초점을 바로 맞추기만 하면
깨달음 아닌 것이 없음을 알게 된다.

눈이 눈을 보려고 애쓰듯이
깨달음인 그대가 깨달음을 찾고 있다.

생각을 내려놓으면 그대는 누구인가?
이름을 내려놓으면 그대는 누구인가?

모른다.
그대는 그대가 누구인지 모른다.

오직 모름만이 있을 때에도
그러나 그 모름을 알아차림은 있다.

텅 빈 거울 속에 온 세상이 비치듯이
허공처럼 텅 비어 있으면서도
신령하게도 모든 것을 알아차린다.

텅 빈 알아차림은
너와 나가 없고, 안과 밖이 없다.

온전한 하나이다.
그대가 그것이다.

한번 확인하기만 하면
이 모든 우스꽝스러운 게임은 끝이 난다.

깨달음이라는 것도 망상이 아닌가요

어떤 사람이 묻는다.

"깨달음을 객관적으로 증명할 수 있나요? 만약 객관적으로 증명할 수 없다면 깨달음이라는 것도 또 하나의 망상이 아닌가요?"

"좋은 질문입니다. 이렇게 한번 생각해 봅시다. 그대가 생각하는 '객관적'이라는 것이 과연 무엇인가요? 그대가 생각하는 객관이란 주관의 작용과는 독립하여 존재한다고 생각되는 세계나 자연, 또는 견해와 같은 것이 아닌가요?"

"그렇게 말할 수도 있겠지요."

"그렇다면 과연 주관과 독립해서 따로 존재하는 객관이란 존재할 수 있을까요? 그대가 생각하는 객관과 나아가 주관이라는 것조차도 하나의 '생각'이지 않나요? 생각을 떠나서 어떻게 객관과 주관이 존재할 수 있나요?"

"그건 그러네요."

"그렇다면 결국 객관이라는 것도 주관과 마찬가지로 생각으로 만든 개념을 벗어나지 못하는 것 아닌가요?"

"그렇지요."

"그대가 생각하는 객관도, 그리고 주관도 같은 하나의 생각이며, 그것은 의식의 대상으로 나타납니다. 왜냐하면 그대(의식)는 생각을 지켜볼(알) 수 있기 때문입니다. 그러므로 주관과 객관도 하나의 대상이며, 진정한 주체는 그것을 지켜보는 의식입니다. 그러나 그 의식은 대상으로 나타나지 않기 때문에 그대는 지금 자각하지 못하고 있습니다. 그래서 그대는 몸과 생각을 주체로 삼고 다른 대상을 객체로 보는 것입니다. 그대가 아는 객관이라는 것도 주관과 다르지 않으며 모두가 의식의 대상입니다."

"잘 이해가 되지 않습니다."

"그대는 잠을 자면서 꿈을 꿉니다. 꿈속에서도 생시와 마찬가지로 세계가 그대로 나타나고, 잘 알거나 모르는 여러 인물들이 등장합니다. 그리고 그대가 '나'라고 아는 주인공도 반드시 있습니다. 꿈속의 그대는 이러저러한 사건들을 겪다가 어느 순간 꿈에서 깨어납니다. 꿈에서 깨는 순간, 꿈속의 세계도, 꿈속의 '나'도 한꺼번에 사라집니다. 그 순간 그대는 꿈속의 '나'가 진짜가 아님을 알게 됩니다. 모두가 한바탕 꿈인 것입니다. 진짜 '나'는 그 꿈을 꾸면서 동시에 지켜보고 있습니다. 꿈과 생각은 그 본질이 동일합니다. 꿈속의 '나'와 '타인'이 모두 한바탕 꿈이듯이 그대가 생각하는 주관과 객관도 이와 같습니다. 따라서 그대의 생각을 떠나서는 객관도 존재하지 않습니다. 그렇지 않나요?"

"음…… 그런 것 같군요."

"깨달음은 꿈을 꾸는 진정한 주체, 생각이 일어나는 근원을 확인하고 자각하는 실존적인 체험입니다. 꿈속에서는 꿈을 꾸는 자를 확인할 수가 없습니다. 오직 꿈에서 깨야만 꿈꾸는 그것이 무엇인지 알 수가 있습니다. 그런데 어떻게 꿈과 망상에 불과한 객관으로써, 생각으로써 깨달음을 증명할 수가 있겠습니까? 그대가 알고 생각하고 이해하는 모든 것은 꿈과 같습니다. 오직 생각 이전의 의식만이 유일한 실재이자 진정한 그대입니다."

주재자는 없다

모든 것은 저절로 일어난다.
꽃은 피었다가 지고, 구름은 텅 빈 허공에서 생겨났다 흩어진다.
바람은 어디선가 불어왔다 어디론가 사라진다.

소년은 자라서 청년이 되고, 청년은 나이 먹고 늙어간다.
모든 것은 생성과 변화, 소멸의 과정에 있다.
그러나 이 과정은 저절로 일어난다.
저절로 일어난다는 것은 배후에 이 과정을 일으키는
주재자가 없다는 말이다.

온갖 것은 주재자가 없을 뿐만 아니라,
모습만 있지 불변하는 실체가 없다.
붓다는 이 진실을 연기법으로 설명했다.
온갖 것은 모두가 다른 조건들에 의존해서 생겨나므로
그것 자체의 고정적인 실체가 없다는 것이다.

그러나 그대는 이 진실을 바로 보지 못하기 때문에
안과 밖에 두 명의 주재자를 만든다.
안의 주재자는 '나(에고)'요,
밖의 주재자는 이른바 전지전능한 '절대자'이다.

그대는 생각 속에서 있지도 않은 주재자인 '나'를 만들어서
'나'가 행위한다고 믿는다.
그리고 그 가상의 '나'가 행위의 결과와 책임을
스스로 짊어짐으로써 고통 받는다.

그러나 삶은 그대가 살아가는 것이 아니라
그냥 저절로 살아질 뿐이다.
그대가 삶을 살아가는 것이 아니다.
그대가 바로 삶이다.

그대는 에고 때문에 스스로 짊어진 짐이 너무 버겁다고 느낀다.
그래서 바깥에 그 짐을 떠맡아 줄 또 하나의 주재자를 만든다.
전지전능한 신(神) 또는 절대자는
에고의 변형이자 투사에 지나지 않는다.

나도 신도 실재하지 않는다면 그대는 무엇인가?

그대는 모든 것이 일어나고 사라지는 바탕이다.
그대는 꿈꾸는 자이며, 꿈 자체이기도 하면서
동시에 꿈속에 나타나는 모든 것이기도 하다.

그대 밖의 다른 것은 없다.

나는 없다

잘못된 전제는 올바른 결론을 도출할 수 없다.

구도자가 가장 간과하기 쉬운 잘못된 전제는 언젠가 깨달음을 성취할 개인이 존재한다는 믿음이다.

그대는 자기 자신이라고 생각하는, 타인들과 구분되는 '나'라는 개인이 존재한다고 믿는다. 그래서 그 개인이 시간과 노력을 들여 미래의 어느 시점에 깨달음을 성취할 수 있으리라고 기대한다. 그러나 그대는 '나'란 하나의 생각이며, 마음이 지어낸 개념에 불과함을 알지 못한다.

도대체 누가 깨닫는다는 말인가? 깨달을 사람이 존재하지 않는데 어떻게 깨달음이 가능하다는 것인가?

꿈속에서도 자신으로 여겨지는 '나'는 언제나 등장한다. 꿈속의 그대가 꿈속에서 자신이 누구인지 알 수 있다고 생각하는가? 그것은 마치 생각 속의 '개념'일 뿐인 '나'가 언젠가 깨달을 수 있다고 생각하는 것과 같다.

꿈에서 깨어나면 꿈속의 '나'가 허상임을 안다. 그러나 꿈이 계속되는 동안은 '나'가 실재하는 것으로 착각한다. 그대가 미래에 깨달음이

성취되리라고 기대하는 동안은 '나'라는 꿈도 계속된다.

깨달음은 개인으로서의 '나'가 성취할 수 있는 것이 아니다.
개인으로서의 '나'가 존재하지 않는다는 것을 아는 것이 깨달음이다.

깨달을 내가 없다면 "나는 깨달았다."는 말도 성립될 수가 없으며,
다만 "나라는 꿈에서 깨어났다."고 말할 수밖에 없다.

지금 이대로 깨달을 '나'가 없음을 확실하게 꿰뚫어 본다면,
그것이 바로 깨달음이다.

누가 여자인가

유마경을 보면 재미있는 이야기가 나온다.

유마거사의 방에 하늘에서 천녀가 내려온다. 깨달음이 깊고 설법도 잘 하는 아가씨였다. 이때 좀 멍청한 사리불이 멋도 모르고 천녀에게 질문한다.
"왜 여인의 몸을 바꾸지 않습니까?"

천녀가 대답했다.
"내 몸을 12년간 살펴보았는데, 내 몸이 여자라는 걸 발견하지 못했습니다."

사리불의 질문은 아마도 '여자는 깨달을 수 없다'는 당시의 선입견을 반영한 것 같다. 그러나 천녀는 자신은 여자가 아니라고 대답함으로써 불성(佛性)은 남자와 여자라는 성(性)의 구분이 없다는 진실을 일깨워 준다. 사리불에게 멋진 한 방을 날린 것이다.

'남자와 여자'라는 성의 구분은 육체에 한정된 것이다. 그것도 하나의 개념일 뿐이다. 고정된 실체가 없다는 말이다. 그대는 육체가 아니므로 남자도, 여자도 아니다.

만약 성의 구분이 고정된 실체라면 남자였던 하리수가 어떻게 여자가 될 수 있겠는가? 그리고 동성애는 어떻게 가능하겠는가? 몸은 남자의 특성을 지닐지라도, 의식이 스스로를 여자라고 동일시하면 여자가 된다.

이 같은 사실은 과학적으로도 이미 입증이 된 바이다. 사람의 몸에는 남성 호르몬과 여성 호르몬이 모두 함께 분비되고 있으며, 다만 그 비율의 차이 때문에 남성이나 여성의 특성이 두드러질 뿐이다.

금강경에서는 아상(我相), 인상(人相), 중생상(衆生相), 수자상(壽者相)이 없으면 부처라고 말하고 있지만, 인상의 경우 '나는 사람이다'라는 생각보다는 '나는 여자다' 또는 '나는 남자다'라는 생각이 우선한다. 그래서 사춘기 이후로는 특정한 성과 스스로를 동일시하고 반대편 성을 찾아서 평생을 헤매게 된다.

이성(異性)에 대한 끌림은 종의 번성과 보존을 위해 자연이 그대에게 심어 둔 장치이며, 동시에 그대를 얽어매고 있는 굴레이기도 하다.

깨달음은 그대를 특정한 성과의 동일시에서 해방시킴으로써 그대에게 성으로부터의 자유를 가져다준다.

생각 없음이 참나다

생각이 일어나면 생각을 따라 온갖 것이 일어나고,
생각이 사라지면 온갖 것이 사라진다.
분별이 사라지면 너와 나, 안과 밖의 구분이 사라진다.

너와 나, 안과 밖의 경계가 사라진 자리, 한바탕인 그것이 참나이다.
생각 없음, 무심(無心)이 우리의 본성이요, 참나다.
참나는 생각은 없지만 언제나 깨어 있으며, 모든 것을 지켜본다.

그대는 언제나 참나였으며, 지금 이 순간도,
앞으로도 영원히 참나일 수밖에 없다.
그런데 어떻게 그대가 자신으로부터 도망갈 수 있겠는가?
어떻게 깨닫지 못할 수가 있겠는가?

지금 당장 생각을 멈추면 그대로 깨달음이다.
그러나 그대는 뜻대로 생각을 멈출 수가 없다.
너무도 오랜 세월 동안 생각에만 의지해서 살아왔기 때문이다.
그대가 의도하든 의도하지 않든 생각은 연속해서 일어난다.
그대는 생각과의 동일시에서 벗어날 수 없다.
생각 때문에 그대는 본래면목을 잊어버렸다.

수행은 별다른 것이 아니다.

생각에 의지하는 습관을 고쳐 가는 것이 수행이다.

깨어 있는 무심으로 살아가는 것이다.

그러기 위해서는 어떻게든 한 번은 참나와의 만남이 필요하다.

한 순간만이라도 생각이 멈추고 본래면목을 보게 된다면,

이후로는 생각이 일어나도 생각에 의지하지 않게 된다.

자신의 본래면목을 알게 되었으므로

생각을 자신으로 착각하지 않게 된다.

깨달음이 어렵고 신기하게 여겨지는 것은

그대가 지금까지 언제나 생각 속에서만 살아왔기 때문이다.

그래서 낯설게 느껴지지만,

깨닫고 보면 언제나 있어 온 그것이다.

깨달음은 신기하고 어려운 것이 결코 아니다.

늘 있어 온 본래의 자신을 재발견하는 것일 뿐이다.

부처로 살 것인가,
중생으로 살 것인가

부처로 살 것인가, 중생으로 살 것인가?
그리스도로 살 것인가, 죄인으로 살 것인가?
그것은 전적으로 그대에게 달려 있다.

그대는 본래 부처이지만,
이 진실을 깨닫지 못했기 때문에 중생으로 살고 있다.
알면 부처요, 모르면 중생이다.

그대는 조금도 더할 것도 뺄 것도 없이 지금 이대로 부처이지만,
중생놀음에 빠져서 자신이 부처인 줄을 까맣게 잊고 있다.

그대 밖에 부처와 그리스도가 따로 없다.

그대에게 필요한 것은
그대가 망각한 부처의 기억을 되살리는 것뿐이다.
잊었던 기억을 되살리는 순간, 그대는 있는 그대로 부처이다.

단걸음에 훌쩍 뛰쳐나와 시간 밖에 홀로 우뚝 서서
우주를 한 손으로 굴리면서 생사(生死)를 희롱하라!

세상은 네버 엔딩 코미디

텔레비전을 통해 지구상에서 일어나는 온갖 일들을 가만히 지켜보면 세상은 동시다발적으로 일어나는 코미디와 같다는 사실에 싱긋이 웃음을 짓게 된다.

세상이라는 무대에 무수히 많은 배우들이 등장해서 제각기 다른 캐릭터로 분장한 채 열띤 연기를 펼쳐 보인다. 어떤 이는 독재자로, 어떤 이는 기업가와 정치가로, 또 다른 이는 살인자와 범죄자로, 아니면 평범한 시민으로 저마다 다른 캐릭터를 나름대로 열성적으로 연기하고 있다.

그러나 이 연극들이 한 편의 코미디에 불과하다고 말하는 것은 출연 배우들 모두가 자신의 배역에 너무 몰두한 나머지 극중 캐릭터를 자신으로 착각하고 있기 때문이다. 세상이라는 무대에 등장하는 배우들은 자신이 '배우'라는 사실을 잊어버렸다.

배우들은 망각의 심연 속에서 극중 캐릭터에 동화되어 울고 웃으며 괴로워한다. 그러다 막이 내리고 무대 위에 조명이 켜지면, 배우들은 비로소 자신의 모든 번뇌와 괴로움이 연극을 실제로 착각한 데서 비롯됐다는 사실을 알게 된다. 그리고 실제로는 아무 일도 일어나지 않았음을 깨닫게 된다.

깨달음은 그대가 인생이라고 생각하는 연극 속에서 '나'라고 동일시해 온 캐릭터가 실제로는 자기 자신이 아님을 아는 것이다. 그대가 '인생'이라고 알고 있는 연극은 그대가 각본을 쓰고 연출하고 출연하는 '일인극'에 불과하다. 그리고 그 무대에 조연으로 출연하는 모든 타인들 또한 그대의 창조물에 지나지 않는다.

만약 그대가 '세상'이라는 이 판타지와 같은 연극에서 빠져나와 그것을 바라본다면 배꼽을 잡고 웃게 될 것이다. 생각해 보라. 배우들 모두가 자신이 배우인 줄 모르고 연기하는 연극이라는 것은 얼마나 웃기는 코미디인가?

며칠 전 지구상에서 얼마 남지 않은 '독재자'를 연기했던 한 캐릭터가 연기를 끝내고 무대 위에서 내려갔다. 그는 자신이 단지 무대 위의 배우에 불과할 뿐이라는 사실을 자각하지 못했다는 점에서 그대와 하나도 다를 바가 없다.

깨달음은 그대가 마치 꿈과도 같은 이 판타지 무대에서 벗어날 수 있는 유일한 길이다.

욕망으로부터의 해방

세상이 그대에게 줄 수 있는 것은 아무것도 없다는 사실을 실감하기 위해서는 오직 그대의 참된 정체성을 깨닫는 것, 본성을 바로 보는 것만이 필요하다.

욕망은 없애려고 노력한다고 해서 없어지는 것이 아니다. 돈, 권력, 명예, 육체적 쾌락에의 집착도 내려놓으려 한다고 해서 놓이는 것이 아니다.

세상이 그대의 눈에 실재하는 것처럼 생생하게 보이는 동안은 세상에 대한 욕망과 집착을 내려놓을 수가 없다. 오직 세상이 그대의 눈에 꿈처럼 보일 때만이 그대는 세속적인 욕망과 집착으로부터 벗어날 수 있다.

그대가 꿈을 꿀 때, 그것이 꿈인 줄을 안다면 꿈속의 부귀와 영화에 집착하지 않을 것이다. 마찬가지로 그대가 현실이라고 알고 있는 세상이 마치 꿈처럼 그렇게 나타나 보일 뿐이라는 사실을 알게 된다면 그대는 더 이상 세속적인 부귀와 명예, 권력과 쾌락에 집착하지 않게 될 것이다.

그러므로 세속적인 욕망과 집착으로부터 해방되기 위해서는 오직

'시각의 전환'이 필요할 뿐이다. 다른 어떤 노력도 필요하지 않다. 그대에게 이와 같은 시각의 전환을 가져다주는 것이 바로 깨달음, 즉 본성을 보는 것이다.

그대가 자신의 참된 정체성을 알게 된다면, 그대의 눈앞에 보이는 세상은 여전히 그 모습 그대로이지만, 더 이상 이판사판으로 추구할 만큼 매력적으로 보이지 않게 된다. 잠자면서 꾸는 꿈과 생시에 눈에 보이는 세상이 하나도 다를 것이 없다는 사실을 알면서도 세속적인 욕망과 쾌락에 집착할 바보는 없을 것이기 때문이다.

깨달음은 이와 같이 그대의 뒤집힌 시각을 바로잡아 준다. 무엇이 실재이고 무엇이 환영에 불과한지를 알게 해준다. 따라서 깨달음 이후에는 세속적인 욕망과 쾌락에의 집착은 자연스럽게 떨어져 나가게 된다. 그것은 노력해서 되는 것이 아니라 의도하지 않아도 그냥 그렇게 된다.

욕망과 싸우지 말라.
욕망은 억제하려 한다고 해서 사라지는 것이 아니다.
욕망은 정체성의 혼돈 때문에 일어나는 착시 현상의 결과이므로 뒤집힌 시각만 바로잡아 주면 자연스럽게 사라진다. 그러므로 깨달음만이 그대를 욕망과 집착으로부터 해방시킬 수 있다.

운명

새해가 되자 여기저기서 출판기념회에 참석해 달라는 초청장과 문자 메시지가 날아온다. 이유를 알고 보니 올해는 총선과 대선이 있기 때문이다. 선거를 앞두고 정치판이 벌써부터 꿈틀거리고 있는 것이다.

신문 지상에서도 벌써부터 다음 대통령 선거에서는 누가 당선될 것이라는 역술가들의 예언과 예측이 난무한다. 이와 함께 다음 총선의 예비 주자들이 영험하다는 점집이나 철학관을 찾아서 문전성시를 이루고 있다는 이야기도 들린다.

대통령이 되려면, 이른바 대권을 거머쥐려면 단순히 본인의 재능과 노력으로는 부족하며, 누대의 조상들로부터 내려오는 음덕과 특별한 운명을 타고나야만 가능하다는 뿌리 깊은 운명론이 작용하기 때문이다. 그대도 아마 새해를 맞아 점집이나 철학관을 찾은 경험이 한두 번은 있을 것이다.

그대는 왜 자신의 운명에 그렇게 관심을 갖는가?

액운은 피해 가기를 바라고 자신이 세속적으로 더욱 잘되기를 바라기 때문이다. 따라서 자신의 운명에 대한 관심은 에고에서 기인한다.

'나'가 없다면 운명이 어떻게 흘러가든 관심 둘 게 무엇이 있겠는가? 액운이든 길운이든 모두가 흥미로운 일이 아닌가?

돌이켜 보면, 나는 지금까지 한 번도 점집이나 철학관 같은 곳을 찾은 기억이 없다. 전국의 많은 사찰을 방문한 적은 있으나 부처님 앞에 절하며 소원을 빌어 본 적도 없다. 그렇다고 해서 깨달음을 얻기를 소원해 본 적도 없다. 다만 꿈처럼 느껴지는 이 '삶'이라는 것의 실상이 무엇인지 알기를 갈망하곤 했을 뿐이다.

그대가 자신이나 가족의 운명에 대해 궁금해하고 액운은 피하되 길운은 무슨 수를 써서든지 맞이하려고 한다면, 그대는 그 운명에 사로잡히게 된다. 다시 말해 운명의 노예가 된다는 말이다. 운명은 그대의 에고가 빚어내는 망상이므로 결국 그대는 망상에서 벗어날 수가 없다.

깨달음은 그대가 운명의 굴레에서 벗어날 수 있는 유일한 길이다. 운명에서 벗어나는 것이야말로 진정한 자유다.

그대는 평생을 노예로 살기를 원하는가, 아니면 진정한 자유인으로 살기를 원하는가?

깨닫는 자는 누구인가

어떤 이가 묻는다.

"참나(본성)를 깨치는 것이 생각의 너머에 있는 것이라면, 참나를 깨닫는 자는 누구인가요?"

개체로서의 그대가 깨닫는 것이 아니다.
전체성으로서의 참나가 에고는
본래부터 존재하지 않음을 깨닫는 것이다.

그러므로 만약 그대가 깨닫는다고 하더라도
"나는 깨달았다!"며 우쭐대지 말라.
그렇게 한다면 그대는 아직 에고의 꿈에서 깨어나지 못한 것이다.

참나는 생각 너머에 있는 비개념적인 본연의 알아차림이다.
참나를 깨치는 것은 참나 자신이다.
그래서 깨달음을 '눈이 눈을 보는 것'이라고 말하기도 하는 것이다.

촛불을 보자.
촛불은 단지 불꽃 주위만 밝히는 것이 아니다.
촛불은 촛불 자신도 밝힌다.

마찬가지로 참나 또한 그 자신이 본래부터 갖추고 있는
알아차림(각성)에 의해 그 자신을 깨닫는다.

참나는 고요하고 텅 비어 있다.
그러면서도 신령스럽게 알아차린다.
'텅 빈 고요함' 또는 '신령스런 알아차림'이 아니라
고요함과 알아차림의 합체이다.
고요함이 알아차림이고, 알아차림이 고요함이다.
이 둘은 다른 것이 아니다.

참나인 텅 빈 고요함이 자신의 알아차림을 통해 스스로를 깨닫는다.
다만 이는 생각과 개념으로는 결코 알 수가 없다.
생각의 길이 끊어졌을 때, 미혹되지 않은 순수 본연의
맑고 밝은 성품이 드러난다.

운명을 정복하라

오래된 영화 '디어 헌터'를 보면 러시안 룰렛이라는 게임이 나온다. 이것은 게임이라기보다는 목숨을 담보한 도박이다.

6연발 리볼버 권총의 탄창에 총알 한 발을 장전하고 탄창을 회전시킨 뒤 권총을 머리에 대고 방아쇠를 당긴다. 사망할 확률은 6분의 1이다. 이 도박에서 살아남은 사람은 과연 살 수밖에 없는 운명 때문인가?

운명은 정해져 있지만 노력으로 그 운명을 바꿀 수 있다고 믿는 사람은 자신의 운명을 어떻게 해서든지 알려고 한다. 불운을 피하고 행운은 적극적으로 도모하기 위해서이다. 그래서 점집이나 철학관은 언제나 문전성시를 이룬다.

운명은 미리 정해져 있어서 자신의 힘으로는 어쩔 수 없다고 생각하는 사람과, 자신의 노력으로 운명을 바꿀 수 있다고 생각하는 사람 모두 운명에 사로잡혀 있기는 마찬가지이다.

그대를 사로잡고 있는 운명에서 벗어나는 길은 오직 이 한 가지뿐이다. 누구에게 그 운명이 나타나는지를 조사해 그 정체를 밝히는 것이다.

조사해 보면, 운명은 '나'가 있기 때문에 의미를 가진다는 사실을 발견할 것이다. '나'는 곧 '나라는 생각'이며, 따라서 운명도 '나라는 생각'에서 파생된 하나의 '생각'에 불과함을 알게 될 것이다.

내가 없는데 운명이 무슨 의미를 가질 수 있겠는가?
깨달음은 운명을 정복하는 유일한 길이다.

운명을 정복한 사람만이 진실로 자유로울 수 있다.

자각 속에 머물라

그대에게는 지금까지 결코 풀지 못한 의문이 있을 것이다.
그것은 바로 "나는 누구인가?"라는 의문일 것이다.

그대는 스스로 자신이 누구인지 잘 안다고 생각하지만, 돌이켜 보면 자신이 정말 누구인지 모른다는 사실 또한 잘 알고 있다.

그대가 자신을 '아무개'라는 이름과 동일시하고 그것을 받아들인다면, 그대는 괴로움 속에서 꿈속의 삶을 살아갈 것이다.

그러나 자신이 누구인지 모른다는 진실을 받아들이고 '나'가 누구인지 알고자 하는 갈망이 갈수록 깊어진다면 그대의 진정한 정체가 드러날 것이다.

'나' 속에 궁극의 실상이, 존재의 비밀이 숨겨져 있다.
하나의 태양이 모든 것 속에서 빛나듯 '나'는 모든 생명 속에서 동일한 '나'로서 스스로 존재함을 안다.

나는 이름과 모습이 없다.
나는 '내가 있다'는 것을 아는 단순한 앎이요, 자각이다.

살아온 날들을 돌이켜 보라.

그대의 모습, 생각, 느낌, 그 모든 것은 변했으며 또 지금도 변화하는 과정에 있지 않은가?

30년 전, 20년 전, 10년 전과 비교하여 그대에게 변하지 않고 남아 있는 것은 과연 무엇이 있는가? 그것은 아마 '내가 있다'는 이 단순한 앎, 자각뿐일 것이다.

변하는 것은 진정한 그대가 아니다.
변하지 않고 지속되는 것이 참된 그대의 정체이다.

그러므로 스스로 존재함을 아는 이 단순한 자각을 그대와 동일시하고 또 그곳에 머물러라. 그것이 그대를 존재의 근원으로 인도하여 궁극의 신비를 드러내 보여 줄 것이다.

적멸의 즐거움

그대가 진실로 깨달음을 원한다면, 무엇 때문에 깨닫기를 원하는지 자신에게 진지하게 물어볼 필요가 있다.

그대는 왜 깨닫기를 원하는가?

거룩한 성자가 되기 위하여?
초월적인 황홀경을 얻기 위하여?
궁극의 앎을 자랑하기 위하여?

만약 그대가 이런 이유들 때문에 깨닫기를 원한다면 번지수를 잘못 짚었다. 깨달음은 무조건 그대를 거룩한 성자로 변모시키지 않는다. 깨닫고 나서도 그대는 단지 평범한 '사람'일 뿐이기 때문이다. 또한 깨달음은 그대를 초월적인 황홀경에서 노닐게 하지도 않는다. 깨달음은 아무런 맛이 없기 때문이다.

게다가 그대가 만일 깨닫는다고 해도 얻을 수 있는 궁극적인 진리는 없다. 깨달음은 무엇이라 일컬을 수 있는 진리가 아니기 때문이다.

오히려 깨달음은 그대가 가진 모든 것을 빼앗아 간다.
그대가 소중히 생각하는 꿈과 희망, 이상, 그리고 애틋한 가족에 대한 사랑마저도 가져가 버린다. 그대의 취미, 욕망, 쾌락에의 추구, 그리고 종국에는 그대가 소중하게 여겨 왔던 삶의 의미마저도 앗아가 버린다. 마지막에 깨달음은 '나'라는 생각도 가져가 버린다. 깨달음은 그대가 동일시할 수 있는 어떤 것도 남김없이 가져가 버린다.

깨달음은 적멸하다.
그대는 그 모든 것들이 사라진 텅 빈 공허를 감당할 수 있겠는가? 짜릿한 흥분과 스릴이 사라진 그 무미(無味)함을 견뎌낼 수 있겠는가? 삶이 아무런 의미도 없다는 쓰디쓴 진실을 감내해 낼 수 있겠는가?

깨달음은 진실로 그러하다.
깨달음과 함께 지혜와 사랑이 발현되지 않는다면, 깨달음은 그대가 감당할 수 없는 짐이 된다. 그래서 어떤 이는 미친 짓거리를 태연히 행하면서도 그것을 깨달은 자의 기행(奇行)쯤으로 포장하고 미화한다.

그대가 진실로 삶의 실상을 알고자 한다면, 아니면 지금 이대로는 도저히 고통스러워서 견딜 수 없기 때문에 어떤 대가를 치르고서라도 깨닫기를 원한다면, 그대는 깨닫게 될 것이다.

그렇지 않다면 그대가 깨닫지 못하는 것은 그대가 깨닫기를 진실로 원하지 않기 때문이다. 그대는 겉으로는 깨달음을 추구하지만, 속으로는 아직도 에고가 가져다주는 달콤한 꿈에 대한 미련을 버리지 못하고 있다. 그대는 '나'라고 생각하는 망상에 여전히 집착하고 있다. 그대가 깨닫지 못하는 것은 단지 그 때문이다.

그렇지 않다면 이미 깨달아 있는 그대가 자신의 깨달음을 확인하지 못할 이유가 어디에 있겠는가?

깨달음은 적멸하다.
깨달음은 아무런 맛도 없다.
그러나 깨달음에도 즐거움은 있다.
그것은 적멸의 즐거움이다.

간절하게, 절실하게 원하라.
그대가 이미 깨달음이다.

2부

어떻게 깨달을 것인가?

깨달음을 향한 길은 방편으로는 다양한 갈래의 길들이 있으나,
방향은 오직 한 방향이다.

생각을 따라서 좇아가는 것이 아니라
생각을 거슬러 그 근원을 발견하는 길이다.
생각하는 놈이 무엇인가를 밝히는 것이다.
그러면 망상의 실체가 밝혀진다.

고통이 최고의 스승이다

어떤 사람이 묻는다.

"이젠 정말 이 지긋지긋한 괴로움을 끝내고 싶어요. 나는 고통을 받을 만큼 받았거든요. 어떻게 하면 이 괴로움에서 벗어날 수가 있나요?"

그대가 만약 고통을 받을 만큼 충분히 받았다면 고통은 자연스럽게 소멸될 것이다. 고통은 그대가 스스로 만드는 것이다. 고통이 더 이상 견딜 수 없는 임계치에 다다르면 그 고통을 만들어내는 가짜 그대가 자폭하여 소멸될 수밖에 없기 때문이다. 그대가 아직 참나를 깨닫지 못했다면, 그것은 아직 고통이 충분치 못하기 때문이다.

삶은 일련의 갖가지 사건들의 연속이다.
그러나 그 사건들이 그대에게 고통을 주는 것이 아니다.
살아가면서 겪는 모든 정신적 고통들은 스스로 만드는 것이다.

사건들에 대한 그대의 해석이 그대에게 고통을 준다. 사건들에 대한 해석은 그대의 생각이다. 따라서 그대는 생각 때문에, 스스로 지어내는 '이야기' 때문에 고통 받는다.

머릿속에서 언제나 나지막하게 속삭이는 '나의 이야기'에서 빠져나오지 못한다면 그대는 고통에서 헤어날 수가 없다. 다른 어느 누가 그대에게 고통을 주는 것이 아니다. 그대가 스스로 고통을 만든다. 이 단순한 사실을 깨달으면, 그 즉시 그대는 고통에서 해방될 수가 있다.

사람들은 깨닫고 싶다고 말을 하지만, 정작 스스로 지어내는 '나의 이야기'를 포기하려 하지는 않는다. 자기 존재를 잃어버릴지도 모른다는 두려움 때문에, 또는 자신이 지어내는 이야기에 도취되어 '나'라는 망상을 놓으려 하지 않는다.

"나는 이 지랄 같은 '나'와는 더 이상 괴로워서 함께 살 수 없어! 어느 '나'가 죽는지 이제 끝장을 봐야겠어!"
이 정도까지 가야만 '나'에 대한 집착을 놓을 수 있다.

고통만큼 위대한 스승도 없다.
삶이, 고통이 결국은 그대를 깨달음으로 인도할 것이다.

그대가 깨닫지 못하는 이유는

그대가 깨닫지 못하는 데는 다른 이유가 없다.
그것은 그대가 진실로 잠에서 깨어나길 원하지 않기 때문이다.

에고의 잠은 그대를 들뜨게 하고 달콤함을 준다.
그대는 에고가 주는 짜릿한 흥분과 달콤함을 쉽게 포기하려 하지
않는다. 그것들이 종국에는 쓰디쓴 고통임이 드러나기 전까지는.

천 길 절벽 끝 나뭇가지에 매달려 언제 죽을지 모르는 위기 상황에
서도 벌집에서 떨어지는 에고의 달콤한 꿀 몇 방울을 포기하려 하지
않는다.

진정으로 깨닫기를 원하는 자만이 깨어날 수가 있다.
확고한 의지만 있다면, 자신의 본바탕을 확인하는 것이 무엇이 어
렵겠는가?

결코 잃어버릴 수도 없고, 그것 없이는 살아갈 수도 없는 본성을 어
떻게 알지 못할 수가 있겠는가?

정말 신기한 것은, 깨달음이 어렵고 힘든 것이 아니라, 깨달음이 언
제나 자기 자신인데도 그것을 모르고 살아간다는 것이다.

깨달음은 자신의 머리를 찾는 것과 같다.

그대는 지금 자신의 머리를 찾고 있다.

정말 찾으려는 의지만 있다면, 어떻게 자신의 머리를 찾지 못하겠는가?

그러므로 그대가 깨닫지 못하는 것은 정말 절실하게 자신을 찾으려 하지 않는 것 이외에 다른 이유가 없다.

간절하고 절실한 심정으로 스스로에게 물어라.

"나는 무엇인가?" 하고.

미지근하고 타성에 젖은 자세로는 결코 깨어날 수가 없다.

그대가 만일 진실로 깨어나길 원한다면, 깨어나지 못할 아무런 이유가 없다.

깨달음도 전염된다

생선을 싼 종이는 비린내가 나고,
향(香)을 싼 종이는 향 냄새가 난다.
질병만 전염되는 것이 아니다.
깨달음도 타인에게로 쉽게 전이(轉移)된다.

혼자서 부싯돌이나 마른 나뭇가지를 비벼서 불꽃을 일으키려면 무
척 힘이 든다. 그러나 하나의 초에 불이 붙으면 다른 초의 심지에 불
꽃이 옮겨 붙는 것은 어렵지 않다.

깨달음도 이와 같다.
깨달음은 전염성이 강하다.

무명(無明)은, 그대의 영적인 어둠은 원래부터 존재하는 것이 아니
다. 다만 그대가 눈을 감고 있기 때문에 존재하는 것이다.

일단 그대 주변에 깨달음의 불꽃 하나가 밝혀지면
그대의 어둠을 밝히는 것은 어렵지 않다.
그대가 눈을 뜨는 것은 어렵지 않다.
수천 년 묵은 어둠이라도 불꽃 하나로 단박에 사라진다.

예로부터 깨달음의 불꽃 하나가 밝혀지면, 그를 중심으로 해탈을 염원하는 구도자들이 모여들어 자연스럽게 진리를 전하는 모임이 형성되곤 했다.

단지 그 불꽃과 함께 있는 것만으로도 깨달음은 쉽게 전이되기 때문이다. 불교의 승단도 이 같은 전통에서 유래한 것이다.

만약 그대가 절실하게 꿈에서 깨어나고 싶다면, 가까운 곳에서 먼저 깨어난 사람을 찾아가라. 그는 꿈에서 깨어나는 길을 알고 있다. 그에게는 그대의 어둠을 밝혀 줄 불꽃이 있다.

그것이 그대가 꿈에서 깨어나는 지름길이다.

깨달음보다 쉬운 것은 없다

참나를 찾는 것은 결코 어려운 일이 아니다.
지금 이 순간에도 참나는 깨어 있으며,
그대가 바로 참나이기 때문이다.
다만 생각으로 참나를 찾으려 하면 언제나 어긋나고 만다.

생각만 내려놓으면 그대는 언제나 참나이다.
그러나 생각을 내려놓기가 쉽지 않을 것이다.
생각은 의지대로 내려놓을 수 있는 것이 아니기 때문이다.

우선 무엇을 중심으로 생각이 일어나는지를 알고
그것을 먼저 내려놓으면 생각을 내려놓기가 한결 쉬워진다.

생각은 언제나 '나'라는 생각을 중심으로 전개된다.
따라서 '나'라는 생각을 먼저 내려놓으면 생각은 힘을 잃는다.

그대가 알고 있는 '나'는 의식의 대상으로서 생각이다.
그러나 참나는 결코 대상화될 수 없는 순수한 알아차림일 뿐이다.

대상화될 수 없다는 것은 생각으로 알 수 없다는 것이다.
따라서 그대가 '나'라고 동일시하고 있는 생각들을 먼저 내려놓아라.

나는 여기가 어디며 지금이 언제인지 모른다.
나는 내 이름이 뭔지 모른다.
나는 내가 몇 살인지 모른다.
나는 남자인지 여자인지 모른다.

나는 누구인가?
나는 내가 누구인지 모른다.

'나'라고 동일시하는 개념만 내려놓으면 생각은 가라앉는다.
나는 아무것도 모르지만 모름에 대한 알아차림은 있다.
모르는 가운데 '내가 있다'는 존재감은 있다.

생각의 저변에 늘 존재하는 텅 빈 알아차림과 존재감이 참나이다.
참나는 생각의 배경으로서 언제나 생각을 알아차리는 '그것'이지만
의식의 초점이 생각에만 맞춰지면
그대는 그 배경을 보지 못하고 생각만을 보게 된다.

따라서 의식의 초점을 생각에서 배경으로 되돌리기만 하면
그대는 있는 그대로 참나이다.

찾고 보면 깨달음보다 쉬운 것은 없다.

깨달음에 대한 망상

깨달음은, 간단히 말해 망상이 무엇인 줄 아는 것이다.
망상의 실체를 아는 것이 깨달음이다.

그러나 깨닫지 못하면 망상이 무엇인 줄 모르기 때문에 끝없이 망상 속을 헤매게 된다. 서울에서 부산으로 가려고 하면서 북쪽으로 간다면 어떻게 부산에 도착할 수 있겠는가? 첫발을 잘못 디디면 오랜 세월 동안 지난한 노력을 쏟아도 목적지에 도달하지 못한다.

깨달음을 향한 여정에서 진정한 스승이 필요한 이유는 이 때문이다.
스승은 바른 길을 가리키는 이정표인 동시에 길 안내자이다.
진정한 스승은 바른 길을 일러 준다.

그러나 목적지에 도달하는 것은 온전히 그대의 몫이다. 걸어서 가든 자동차나 기차를 타고 가든 그 길은 그대가 직접 밟아서 가야만 한다.

그러나 문제는, 그대의 눈이 밝아지기 전에는 어느 것이 바른 길인지를 판단할 수 없다는 데 있다.

요즘은 인터넷의 발달로 깨달음에 대해서도 온갖 정보들이 넘쳐나고 있다. 그러나 그대가 제대로 판별하지 못하면 자칫 엉뚱한 길로 접어들어 갖은 고생을 다하고서도 마음의 평화를 얻지 못한 채 몸과 마음은 피폐해진다.

예로부터 많은 사람들이 깨달음을 얻고자 기공, 단전호흡, 쿤달리니, 차크라 등등 몸의 수련에 매달려 왔다. 물론 육체적 수련도 깨달음의 여정에서 하나의 방편은 될 수 있으나 본질적인 것은 아니다.

망상에서 깨어나기 위해 애꿎은 육체를 혹사하거나 육체의 변화에 매달리는 것은 마치 소가 끄는 달구지를 앞으로 가게 하려 하면서 소는 놓아두고 달구지를 채찍질하는 것과 같다.

더구나 요즘은 지구가 아닌 외계 존재들과의 채널링이니 메시지니 하면서 확인되지 않은 온갖 영적 정보들이 인터넷이나 서점에 넘쳐나고 있다. 첫발을 잘못 내디디면 끝없이 망상 속을 헤매게 된다.

깨달음을 향한 길은 방편으로는 다양한 갈래의 길들이 있으나, 방향은 오직 한 방향이다. 생각을 따라서 좇아가는 것이 아니라 생각을 거슬러 그 근원을 발견하는 길이다. 생각하는 놈이 무엇인가를 밝히는 것이다. 그러면 망상의 실체가 밝혀진다.

한편 이와는 반대로 망상의 실체를 바로 보면 근원은 자연스럽게 드러나기도 한다.

깨어 있다는 것은

어떤 이는 마음을 통해 마음을 초월하는 것은 불가능하기 때문에 깨닫기 위해 우리가 할 수 있는 일은 아무것도 없다고 말한다.

그러나 우리의 일상적인 마음에도 언제나 본성인 '알아차림'이 함께 존재하므로 마음을 통해 마음을 초월하는 것이 불가능하지는 않다.

그대는 아직 어느 것이 본성인지 정확하게 확인하지 못했기 때문에 생각, 느낌, 감각적 대상 등 마음의 내용물과 본성인 알아차림을 구분해 내지 못하고 있다. 그래서 순수한 알아차림일 뿐인 그대는 마음의 내용물과 자신을 동일시한다.

동일시의 결과로 에고가 생겨나게 된다. 이것이 무명(無明)이요, 영적인 무지(無知)이다. 따라서 참나(알아차림)와 참나 아닌 것을 구별해 내는 것이 '지혜의 길'에서 유일한 수행이라고 말할 수 있다.

그러기 위해서는 마음의 구조와 메커니즘을 충분히 이해해야만 한다. 마음에 대한 이해는 무의식적인 마음의 대상들과의 동일시에서 빠져나오는 데 도움을 준다.

깨어 있다는 것은 참나가 마음의 내용물과 동일시하지 않는 상태를 말한다. 동일시가 의식에 있어서의 잠이다. 그러나 참나는 실제로는 긍정의 방법이 아닌 부정의 방법을 통해 자각된다.

눈은 눈을 볼 수가 없다.
따라서 역설적으로 눈으로 볼 수 있는 것은 그 무엇도 눈이 아니다.

마찬가지로 생각, 느낌, 감각적 대상 등 모든 마음의 내용물은 참나가 아님을 알기만 하면 된다. 참나는 단순한 알아차림이다.

마음의 내용물이 참나가 아님을 자각하기만 하면 깨어 있는 것이요, 참나 상태에 머무는 것이다. 깨어 있기만 하면 생각은 자취를 감춘다.

마음의 내용물과의 동일시는 '나라는 생각(에고)'을 낳고, 모든 생각은 이것을 중심으로 전개된다. 그러나 깨어 있게 되면 이 같은 메커니즘은 붕괴된다.

언제나 깨어 있어라.
깨어 있음은 그대를 생각 없음으로, 깨달음으로 인도할 것이다.

그대가 본성을 확인하게 되면 이후에는 애써 노력하지 않아도 자연스럽게 깨어 있게 될 것이며, 그것이 바로 해탈이다.

깨어 있음이 유일한 수행이다

'깨어 있다'는 것은 어떤 상태를 가리키는가?

깨어 있다는 것이 잠도 꿈도 아닌 이른바 '생시(生時)'의 의식 상태를 말하는가?

우리의 일상생활에 있어서는 물론 그렇다고 말할 수 있다.

그러나 영적 구도의 길에 있어서는 그렇지 않다. 그대가 생시라고 하는 의식 상태도 깨닫지 못하면 잠들어 있는 것과 같다.

그렇다면 영적 차원에서는 어떤 상태를 '깨어 있다'고 말하는가?

생시에 있어서도 그대는 눈을 멀쩡히 뜨고 잠들어 있다. 잠들어 있다는 것은 참나를 자각하지 못하고 있다는 뜻이다. 생각, 즉 의식의 대상경계를 좇아서 헤매고 있기 때문에 참나에 대해서는 잠들어 있는 것이다. 그대의 의식은 꿈속에서는 물론이고 잠에서 깨어나서도 생각 속을 헤매고 있다.

따라서 진정한 깨어 있음은 생각을 따라서 하염없이 내달리기를 멈추는 것을 말한다. 어떤 것을 보고 듣고 냄새 맡고 느낄지라도 그것에 대해 좋아하고 싫어하는 마음을 일으켜 집착하고 배척하거나 생각을 따라가지 않는 것이다.

깨어 있다는 것은 곧 생각 없음, 무념(無念)의 상태를 말한다. 무념이 바로 참나이다. 무념 속에서도 초롱초롱한 알아차림은 있다. 그러므로 깨어 있다는 것은 참나를 자각하는 것이다.

영적으로 진화하려는 노력에서 진정하고도 유일한 수행이 있다면 그것은 '깨어 있는' 것이다. 지금까지 이른바 득도했다고 일컬어지는 어떤 사람도 이 관문을 통과하지 않고 깨달은 사람은 없다.

화두와 염불, 지관과 독경 같은 것들은 모두 깨어 있기 위한 방편에 지나지 않는다. 어떤 방편이라도 그대가 깨어 있기에 도움이 된다면 거부할 필요는 없다.

그러니 언제나 깨어 있으라!
그대가 깨어 있을 수만 있다면, 깨어 있기만 한다면 깨달음은 바로 지척에 있다.

끝장을 보라

과정이야 어찌 되었건 한번 구도의 길로 들어서면 중도에 쉽게 포기할 수도 없다. 그대가 구도의 길을 나섰다는 것은 내면의 부름을 받았으며 거기에 응답했다는 것이기 때문이다.

그러므로 만약 그대가 근원에 도달하고자 하는 노력을 중도에 포기한다 하더라도 다시 아무 일도 없었던 것처럼 세속의 삶으로 되돌아가기는 힘들 것이다. 내면의 부름은 반향과 여운으로 남아서 그대를 무의식적인 삶으로 다시 되돌아갈 수 없게 할 것이기 때문이다.

따라서 일단 한번 구도의 길을 나섰다면 반드시 끝장을 보아야 한다. 그래야 그대는 편히 쉴 수가 있다. 깨달음 없이 이 세상 어디에도 그대가 쉴 수 있는 집은 없다. 깨달음에 대한 갈망은 그대를 그대로 내버려두지 않을 것이기 때문이다.

영적 실상에 대한 개념적인 이해도 깨달음으로 가는 과정에 도움이 된다. 달리 말해, 바른 견해는 그릇된 견해를 부수어 버림으로써 망상의 그림자에서 어느 정도 벗어나게 할 수가 있다.

그러나 그것만으로는 부족하다. 영적 실상에 대한 확정적인 깨달음의 체험이 없으면 망상으로부터, 마음의 감옥으로부터 결코 완전히 벗어날 수가 없다. 그러므로 그대는 어떻게 되었든 끝장을 보아야만 한다.

참나를 찾는 필생의 숙제를 미루면서 지지부진하고 구질구질하게 살 것인가, 아니면 하루라도 빨리 끝장을 보아 걸림 없고 자유롭게 살 것인가?

확정적인 깨달음의 체험을 위해서는 개념적인 공부로는 부족하다. 개념에서 벗어나기 위해 개념을 사용하는 것은 한계가 있기 때문이다. 따라서 이른바 끝장을 보기 위해 예로부터 수많은 방편들이 고안되었다.

물론 모든 사람에게 효험이 있는 방편이 있다면 더할 나위 없이 좋겠지만 그렇지는 못하다. 같은 병이라도 사람의 체질이나 증상에 따라서 약을 달리 처방하듯이 방편 또한 그렇다. 어떤 사람에게는 적합한 방편이 다른 사람에게는 그렇지 못하다. 사람마다 체질이 서로 다르듯이 성향도 서로 다르기 때문이다.

그러나 그렇다고 해서 방편이라는 것이 거창하고 대단한 것도 아니다. 아주 간단하지만 그대와 인연이 닿는 적합한 방편은 깨달음의 체험으로 곧장 이끈다.

중생의 미혹함이란 마치 눈에 티끌이 들어가서 대상이 둘로 보이는 것과 같은 증상이다. 티끌만 제거해 주면 즉시 하나로 볼 수가 있다. 따라서 자신에게 적합한 방편을 발견하여 끈기 있게 실행한다면 깨달기는 어렵지가 않다.

문제는 어떤 방편이 자신에게 적합한지를 어떻게 아느냐이다.
별다른 방법은 없다.

자신의 성향을 스스로 살피는 슬기가 필요하며, 몇 가지 방편을 하나씩 실행해 보아서 마지막에 깨달음을 체험하게 되는 것이 자신에게 맞는 방편이다.

결국 깨달음은 자신의 지혜로 미혹에서 스스로 벗어나는 것이지 타인이 어떻게 해줄 수 있는 성질의 것이 아니다. 다만 이미 체험한 사람은 어떤 길이 바른 길이고 어디가 절벽인지를 가리켜 보일 수는 있다.

삶은 아침 이슬처럼 덧없고 여름날 번갯불처럼 짧고 속절없다.
꾸물거리기만 하면 날은 저물고 남는 것은 후회밖에 없다.

더 늦기 전에 끝장을 보라.

내가 존재한다는 것을
나는 어떻게 아는가

의식의 대상을 하나하나씩 제거해 나간 뒤에 최후에 남게 되는 주체가 참나이다. 이는 부정의 방법을 통해 깨닫는 방편이다.

부정의 방법은 그래서 참나 아닌 것과의 동일시에서 벗어나는 것이 핵심이다. 비본질적인 것들을 모두 제거하고 최후에 남는 것이 본질이요, 실재이다. 이것은 둘러가는 길이다.

반면에 참나를 향해 곧장 질러가는 길이 있다. 그것은 역으로 동일시를 이용하는 방법이다. 그러나 이 방편은 쉽게 접근하기가 어렵다. 그대는 아직 참나를 확인하지 못했다. 그래서 참나가 무엇인지 모른다. 그런데 무엇과 동일시할 것인가?

그대 자신을 돌이켜 보라.
10년 전, 20년 전, 30년 전을 뒤돌아보라.
예전의 그대를 지금의 그대와 비교해 보라. 무엇이 변하지 않고 남아 있는가?

겉모습은 물론이요, 신념, 생각, 느낌, 그리고 수많은 체험들 가운데 무엇이 과연 변하지 않고 남아 있는가?

모든 것이 왔다가는 간다. 변하지 않는 것은 아무것도 없다.

그런데도 그대는 어떻게 10년 전, 20년 전, 30년 전의 그대가 지금의 그대와 같은 줄 아는가? 무엇이 그대의 자기 동일성을 유지하게 하는가?

그대의 기억인가?

그대는 아마 "그렇다!"라고 대답할 것이다.

그러나 기억도 왔다가 간다.

그대가 만약 기억상실증에 걸린다면 기억이 그대의 자기 동일성을 유지하게 해주지는 못할 것이다.

만약 기억이 없다면 그대가 그대인 줄을 어떻게 아는가?

기억이 사라져도 그대는 그대로 남는다.

기억이 없어도 나는 나이고, 나는 내가 존재함을 안다.

기억이 없어도 나는 나이고 내가 존재함을 알게 하는 그것은 무엇인가?

모든 경험의 배경에는 그것을 체험하는 주체인 '나'가 있다.

그 '나'는 아무런 형상과 내용이 없는 주체성으로 현존한다.

그것은 '내가 있다'는 자각이다.

그 주체성이 앎의 속성이요, 의식 자체이다.

10년 전, 20년 전, 30년 전, 3살 무렵의 그대에게서 모두 일관되게 변하지 않고 남아 있는 것은 그 주체성뿐이다. 모든 것이 변해도 그것만은 변하지 않는다.

변하는 모든 것들 속에서 변치 않는 중심이 참나이다.
내용 및 주·객관의 분별이 없는 이 주체성이 참나이다.

참나는 형상과 내용에서 벗어나 있으며, 일체의 생각이나 개념, 느낌을 넘어서 있다.

그 주체성과 그대 자신을 동일시하라.
"내가 존재한다는 것을 나는 어떻게 아는가?" 하고 스스로 물어라.

그대가 존재함을 알게 하는 그것, 모든 경험과 생각, 느낌의 배후에 있는 주체로서 언제나 존재하는 주체성과 동일시하라.

그것이 곧장 질러서 참나로 직행하는 지름길이다.

내맡김이 열쇠다

어떤 이는 말한다.

"깨닫기 위해 우리가 할 수 있는 일은 아무것도 없다. 깨달음은 은총처럼 찾아오는 것이지 구할 수 있는 것이 아니다."

맞는 말이다.

깨닫고자 노력하는 행위자(에고)는 허상이다. 행위자가 사라지는 것이 깨달음인데, 찾는 행위가 계속되는 동안은 행위가 사라지지 않기 때문이다. 수행을 하지 않고자 하는 것 또한 노력이므로 깨닫기 위해 할 수 있는 일은 사실상 없다.

또 어떤 이는 말한다.

"깨닫기 위해서는 맹렬하게 노력해야만 한다. 마치 물에 빠진 사람이 익사하지 않기 위해 발버둥 치듯이."

이 또한 맞는 말이다.

깨어나기 위해 관심도 갖지 않고 노력도 하지 않는다면 깨달음은 요원하다.

물론 전혀 의도하지 않았는데도 불현듯 깨어나는 경우도 있다. 에고가 견딜 수 없이 강해질 때, 그것이 불러오는 고통을 견디지 못하고 마음이 스스로 소멸되는 경우이다. 그러나 이 같은 경우는 드물다.

대개의 경우 깨달음을 지향하되 노력 없이 자연스럽게 스스로를 내맡기게 될 때, 깨달음은 찾아온다. 그러나 보통은 자연스럽게 스스로를 내맡겨지지가 않는다. 내맡기려는 노력이, 의도함 자체가 놓여야만 하기 때문이다.

그러므로 처음에는 맹렬한 노력도 필요하다. 어떤 수행과 노력도 소용없다는, 더 이상 어찌해 볼 수 없다는 한계를 느낄 때까지 노력해야만 한다. 그래야만 의도함 없이 자연스럽게 자신을 내맡기게 되기 때문이다.

완전한 절망과 좌절이 깨달음의 최종 관문을 통과하는 열쇠이다.

고타마 붓다 또한 6년 동안 자신이 해볼 수 있는 모든 노력을 다했다. 그 또한 더 이상 어떻게 해볼 수 없다는 한계와 절망을 느꼈다. 그는 이제 더 이상 할 수 있는 일이 없었다.

어느 날 밤 보리수 아래 앉아서 그는 모든 것을 내맡기고 그냥 쉬었다. 동 트기 전 새벽녘, 그는 샛별을 바라보다가 찾던 그것이 바로 찾는 그것임을 깨달았다.

물속에서 물을 찾는 물고기는 찾는 행위를 멈추면 모든 것이 물임을 알게 된다.

마음 바탕

마음, 도(道), 법(法), 진리, 진여, 절대 등등 무수히 많은 이름으로 불리는 마음 바탕(여기서 '바탕'이라고 굳이 쓴 것은 생각 이전을 가리키기 위함이다)은 통하지 못하면 한없이 어렵고 이해할 수 없는 것이지만, 막상 통하고 보면 지극히 간단하고 명료한 것이다.

붓다는 45년 동안 세상을 떠돌며 84,000의 법문을 남겼지만 막상 진리의 실체는 여전히 말해지지 않고 그대로 남아 있다. 그것은 말(언어)로 가리킬 수는 있지만 말 속에 드러나지는 않는다.

조주 선사에게 한 사람이 물었다.
"무엇이 도(道)입니까?"

조주가 대답했다.
"뜰 앞의 잣나무다."

조주는 무엇이 도인지를 명확히 가리켜 보였다.
조주가 가리킨 것은 뜰 앞에 서 있는 잣나무도, '잣나무'라는 소리로 표현되는 개념도 아니다. 언제나 깨어 있고 밝아서 훤히 아는 '마음 바탕'이다.

이것은 아무런 모습도, 색깔도, 내용도, 개념도 없지만 모든 것을 밝게 드러낸다. 마치 빛이 그 자체로는 아무런 모양도 색깔도 없지만 모든 것을 훤히 드러내듯이.

선(禪)은 이 마음 바탕을 곧바로 가리킨다.
따라서 선사들의 말을 듣고 그 뜻을 따라가면 언제나 어긋난다.

모든 사람의 본질은 이 마음 바탕이지만, 생각이 끊어지면서 그것이 드러날 때까지는 스스로 그 마음 바탕을 알 수가 없다. 따라서 깨달음은 자기가 자기를 보는 것이다. 찾는 자와 찾고 있는 대상이 하나임을 확인하는 것이다.

그대는 이미 해답을 알고 있다.
다만 아직 눈이 어두워서 그것을 보지 못하고 있을 뿐이다.
어렵다고 생각하면 한량없이 어렵고, 쉽다고 생각하면 숨 쉬는 것처럼 쉽다. 그러니 이왕이면 쉽다고 생각하라. 그러면 쉽게 찾을 수 있다. 세수하다가 자신의 코를 만지는 것처럼 문득 깨달음을 확인할 수가 있다.

방편을 탓하지 말라

사람들이 묻는다.

"어떻게 수행해야만 깨달을 수 있을까요? 즉각 효과가 있는 비방과도 같은 방편은 없을까요?"

그대는 마치 알라딘의 마술램프 속의 지니와 같은 방편이 있어서 자신을 깨달음으로 데려가 줄 수 있을 듯한 기대를 버리지 않는다. 그래서 특수한 기법 또는 방편을 수행하면 단기간에 깨달을 수 있다는 선전에 현혹된다. 그것을 위해서라면 적지 않은 돈을 지불하기를 마다하지 않는다.

그러나 속지 말라.

자신이 개발한 특수한 기법이나 방편을 깨달음으로 가는 지름길이라고 선전하는 곳은 거의 100% 사기라고 보면 된다.

깨달음이 감추어져 있지 않고 명명백백하게 드러나 있듯이 방편 또한 숨겨져 있는 것이 아니다. 오랜 세월 거쳐 오면서 검증되고 많은 사람들이 그것을 통해 깨달음을 얻은 방편들은 누구나 쉽게 접할 수 있고, 복잡한 것이 아니라 단순하다.

방편을 찾아서 인도나 티베트로 갈 필요도 없다.

보조 선사 지눌의 수심결(修心訣)만 보아도 본성을 확인하는 방법이 너무나 쉽고 직접적으로 잘 수록되어 있다. 견성의 방법뿐 아니라 견성 이후의 수행법까지 세세히 가리키고 있다.

그러나 그대는 그것이 널리 알려져 있고 단순하기 때문에 효과를 나타내리라고 믿지 않는다. 무언가 특별한 방편은 없을까 하고 이 사이트 저 사이트를, 방방곡곡을 헤매고 다닌다. 그 결과 그대는 오랜 세월을 보낸 뒤에도 아직도 주변만 맴돌고 있다.

그대가 깨닫지 못하는 것은 방편 때문이 아니다.
그대는 이미 알고 있는 방편을 일심으로 집중하여 실행해 보지도 않은 채 방편 탓만 한다.

관세음보살이나 아미타불, 아니면 옴마니반메훔, 또는 '무궁화 꽃이 피었습니다'도 좋다. 일심으로 하는 염불도 그대를 깨달음으로 인도한다.

대상이 무엇이 되었든 한곳에 마음을 모아서 집중하라.
그러면 치성하게 일어나는 생각이 가라앉고 끝내는 대상마저도 사라지고 그대의 본성만 오롯하게 드러날 것이다.

벚꽃이 비에 지는구나

깨달음을 말이나 글로 표현한 것을 보면 깨달음이 어려운 것처럼 여겨지지만 직접 체험해 보면 아주 간단하고 쉬운 것이다. 그러나 말이나 글로써 깨달음을 표현할 수는 있지만 또한 말이나 글로써 전달되지 않는 것이 깨달음이다.

언제나 깨달음 속에 있고 깨달음 아닌 것이 없지만 일부러 찾으면 깨달음은 찾을 수가 없다. 따라서 깨달음을 묘사하는 글들은 머리로 이해하려는 사람들에게는 오히려 더 혼란만 가져다줄 수 있다.

깨달음은 언제나 이해가 아닌 체험을 통해서 알려진다.
이해하는 그 욕망이 깨달음을 가로막기 때문이다.

"벚꽃이 비에 지는구나!"
이 한마디가 사실은 깨달음을 완벽하게 드러내고 있지만, 그대는 이 말의 의미를 좇아가기 때문에 깨달음을 놓치고 만다.

뜻과 개념이 아닌, 모양과 색깔이 아닌 '보는 그것'을 보아야만 한다.
깨달으려는 노력을 쉬고, 찾으려는 애씀도 쉬고, 쉰다는 생각마저도 저절로 놓일 때, 문득 언제나 있는 그것, 그것이 모든 것임을 보게 된다.

비밀의 열쇠

아침에 잠에서 깨어나 눈을 뜨면 제일 먼저 확인하게 되는 것은 그대가 존재한다는 사실이다. '내가 있다'는 이 존재의 감각은 깊은 잠 속에서 의식이 스스로를 인식하지 못할 때를 제외하고는 언제나 유지된다.

돌이켜 보라. 어린 시절에서 청년기를 지나 장년기나 노년기에 도달한 지금까지 육체적인 겉모습도 변하고 자신이 누구라고 규정하는 정체성은 변했을지 몰라도 이 존재의 감각은 언제나 그대로 유지되어 왔음을 알 수 있을 것이다.

그대는 그대가 존재한다는 사실을 어떤 생각이 일어나기 전에도 먼저 알고 있으며, 그 바탕 위에 모든 대상세계가 펼쳐진다. 그러나 그 존재감도 먼저 의식이 있어야만 인식 가능하며, 의식이 없다면 스스로 존재한다는 사실조차도 알 수가 없다. 의식이 존재감이요, 존재감이 의식이다. 둘은 다른 것이 아니다.

그렇다면 '내가 있다'는 가장 원초적인 앎을 가능하게 하는 이 의식이 무엇인지를 깨닫게 되면 '나'라는 존재의 비밀을 풀 수 있지 않을까?

그대는 살아오면서 한 번도 이 문제에 대해 진지하게 대면해 본 적이 없다. "너는 너의 몸이며 아무 날에 태어났다."는 부모의 말만 믿고 자신이 몸인 줄로만 알고 살아왔다. 그러나 몸도 의식이 있어야만 인식 가능하며, 언제나 의식의 '대상'으로 나타난다. 그러므로 의식은 몸보다 선행한다.

물론 의식 또한 몸이 없이는 스스로를 인식할 수가 없다. 의식이 나타나기 위한 전제 조건이 몸이다. 그리고 몸의 체계가 손상되어 생명 활동이 유지되지 못하면 의식도 몸과 함께 사라진다. 몸과 의식은 분리될 수 없는 일체를 이루지만, 어디까지나 주체가 되는 것은 의식이다. 몸이 있다는 것을 아는 것이 의식이기 때문이다.

선가(禪家)에는 "부모가 태어나기 전에 그대는 누구인가?"라는 유명한 공안이 있다. 이 말은 곧 "몸이 있기 전에 그대는 누구인가?"라는 물음이다. "'나'라는 이 의식은 무엇인가?"라는 물음과 다르지 않다. 이 물음이 곧 삶과 죽음, 그리고 존재의 비밀을 밝혀 줄 열쇠인 것이다.

그러나 '나', 곧 의식하는 실재가 무엇이냐고 하는 이 비밀의 해답은 숨겨져 있는 것이 아니다. 명백하게 드러나 있다.

그대가 항상 그것이지만, 그대는 그것을 한 번도 확인하지 못했기 때문에 엉뚱하게 자신이 그려낸 이미지를 자신으로 혼동하고 있는 것이다. 화가가 자신이 그린 자화상을 자신으로 착각하는 것과 같다.

그대는 화가이면서 동시에 캔버스이기도 하다. 그러나 그대는 그대가 그린 그림을 자신으로 동일시하고 있다. 그대의 그림은 언제나 생각의 형태로, 대상으로 나타난다. 화가인 자신의 진면목을 확인하지 못하면 그대는 언제나 자신이 그린 그림에 속게 된다. 그러나 화가인 자신을 확인한다면 그대의 그림 또한 그대와 다르지 않음을 알게 된다.

비밀의 열쇠가 명백하게 드러나 있듯이 그 비밀을 직접 확인하는 길 또한 단순하고 쉽다.

생각으로 그림을 그리는 동안, 생각을 따라가지 말고 '생각하는 놈'을 현장에서 붙잡아야 한다.

그 놈이 열쇠를 쥐고 있다.

생각 이전의 마음 바탕이, 무심(無心)이 그대의 본래면목이다.
쉽고도 단순하지만 그대가 본래면목을 붙잡지 못하는 까닭은 집중력과 끈기 부족 이외 다른 것이 없다.

선입견을 버려라

그대의 세상은 개념과 견해들로 이루어져 있다.

그러나 그대의 견해는 거의 전부가 부모나 사회, 학교로부터 주입된 것이다. 그대만의 독자적인 것이 아니다.

어떤 기존의 견해를 아무런 검증 없이 받아들일 때, 그것은 맹신이 되고, 그대가 올바로 보지 못하게 만드는 어리석음이 된다. 지혜만 대대로 전승되는 것이 아니라 어리석음, 무명(無明)도 대대로 전승된다.

종교적 개념과 견해도 마찬가지다. 그대가 아무런 검증 없이 기존의 종교적 견해를 수용하게 될 때, 그것은 그대 앞을 비추는 빛이 아니라 어둠이 된다.

예수가 십자가에 못 박힌 뒤 죽은 육신이 부활했다느니, 윤회가 실재한다느니 하는 것은 모두가 기존의 종교적 견해들이다. 그대가 그러한 견해들을 철저한 검증 없이 그대로 받아들일 때, 그대는 그 견해에 사로잡힌 정신적인 노예가 된다.

그대가 육체와 마음을 지닌 개인이라는 견해도 그대가 철저한 검증 없이 부모와 사회로부터 받아들인 하나의 선입견이다. 그대는 그것을 검증 없이 받아들였기 때문에 그 견해 때문에 고통 받는다.

　빛은 그대 안에 있으며, 또한 그대 자신이 빛이다.
　어떤 선입견도 자신에게서 증명되지 않는다면 받아들이지 말라.

　진리는 개념이나 견해가 아니다.
　모든 개념과 견해가 사라진 뒤 남는 것이 진리요, 그대의 본성이다.

　깨달음은 아무런 선입견 없이 홀로 서는 것이다.
　붓다를 만나면 붓다를 죽이고, 예수를 만나면 예수를 죽여라.

소리를 통해 깨닫기

만년의 베토벤을 주인공으로 한 영화 '카핑 베토벤'을 보면 인상적인 대사가 나온다.

"저는 이해가 안 가요. 선생님, 악장은 어디서 끝나죠?"
"끝은 없어. 흘러가는 거야. 시작과 끝에 대한 생각은 그만둬.
이건 자네 애인이 세우는 다리가 아니야. 살아 있는 거지.
마치 구름이 모양을 바꾸고 조수가 변하듯이……."

"음악적으로 어떤 효과가 있죠?"

"효과는 없어. 그냥 자라는 거지.
보라구. 첫 악장이 둘째 악장이 돼.
한 주제가 죽고 새로운 주제가 탄생하지.
자네 작품을 봐. 너무 구조에 얽매여 있어.

내면의 목소리에 귀를 기울여야 해.
나도 내 귀가 멀기 전까지는 그 소리를 제대로 듣지 못했어.
그렇다고 자네 귀가 멀기를 바라는 건 아니야."

"제 안의 고요함을 찾아야 된다는 말씀이군요?"

"그래, 그래, 맞아. 고요함. 그 고요함이 열쇠야.
주제 사이의 고요함……
그 고요함이 자네를 감싸면 자네 영혼이 노래할 수 있어."

모든 소리의 배경에는 고요함이 있다.
달리 말해, 고요함이 없으면 음악은 표현될 수도, 들을 수도 없다.

오후 여섯 시, "두웅~~~" 하고 산사에서 저녁 종소리가 울린다.
가만히 들어 보라. 소리는 어디서 들려오는가?

소리가 들려오는 방향을 밖으로 더듬으면 어긋난다.
종소리는 어디서 드러나는가?

종소리는 그냥 고요함 속에서 드러난다.
종소리가 들려오는 곳은 안도 아니고 바깥도 아니다.

생각으로 분별할 때는
종소리를 듣는 '내'가 있고 종소리가 있다.

분별하지 않으면 '나'도 없고 종소리도 없다.
오직 '들음'만 있다.

모든 소리들이 생겨나고 사라지는 고요한 알아차림의 자리,
그것이 참나다.

종소리든, 파도소리든, 아니면 까마귀 울음소리든
소리를 통해 그 자리를 확인하기만 하면 끝이 난다.

의식의 초점을 대상인 소리에서 되돌려
소리를 알아차리는 고요하고도 텅 빈 배경을 보라.

그 자리가 그대의 본래면목이다.

손가락만 보지 말고 달을 보라

대개 보면 '한 소식' 한 사람들은 자신들의 방편을 고집한다.

선(禪)을 통해 눈이 트인 사람은 선이야말로 최고의 방편이라고 치켜세운다. 연기법을 통해 실상을 본 사람은 연기법이야말로 최고의 방편이라고 열을 올린다. 자신의 길을 최고요, 최선으로 아는 사람들이 많다.

그러나 산 정상을 오르는 데는 여러 갈래의 등산로가 있듯이 어떤 길이 보편적으로 누구에게나 통하는 최고의 길이라고 말할 수는 없다. 사람마다 성향과 기질이 다르고, 또 그에 따른 망상의 깊이와 정도가 다르기 때문이다. 깨달음에는 누구에게나 통하는 최고요, 최선의 길이 있는 것이 아니라, 특정한 사람에 맞는 최선의 길이 있을 뿐이다.

선은 중국이라는 토양에서 피어난 불교의 색다른 꽃이다. 인도인들은 사변적이며 이지적인 반면, 중국인들은 직관적이며 실용적이다. 인도 불교는 개념과 이해를 통해 사람들을 실상으로 이끌려는 노력을 계속했다. 붓다의 팔만 사천 법문에서부터 나가르주나의 중론에 이르기까지 다 그러하다. 이것은 이러한 방편이 인도인의 성향에 부합했기 때문이다.

그러나 불교가 중국으로 건너오면서 상황은 달라진다. 중국인들의 성향이 인도인들의 성향과 전혀 달랐기 때문이다. 그래서 고안된 방편이 선이다. 물론 중국에도 교학이 없었던 것은 아니지만 중국 불교의 주류는 후대로 가면서 교(敎)에서 선으로 바뀌게 된다.

불교의 모든 가르침이 결국 마음자리 하나를 밝히자는 것인데, 생각을 통해 생각 이전의 자리에 눈뜨게 하는 것은 시간도 많이 걸릴 뿐만 아니라 어려움이 많았다. 그래서 개념을 통하지 않고 곧바로 마음자리를 가리켜 생각 이전의 자리에 눈뜨게 하는 선의 방법이 고안된 것이다. 선은 어디까지나 중국 불교가 피워 낸 꽃이다.

선은 중국 당나라 시대에 와서 마조, 백장, 황벽, 임제, 남전, 조주 등 기라성 같은 조사(祖師)들을 배출하면서 선의 황금시대를 이루었다. 그러나 조사선(祖師禪)이 후대로 가면서 다시 좌선 위주의 묵조선으로 퇴락하자, 이러한 병폐를 쇄신하기 위해 대혜 선사가 고안해 낸 방편이 화두를 참구하는 간화선(看話禪)이다.

간화선은 '화두'라는 개념을 참구하는 것이기 때문에 마음을 곧바로 가리키는 선의 전통에서 벗어나 있다. 화두는 사려분별로써 해결되지 않는 개념으로, 학인(學人)의 의문을 일으키기 위해 고안되었다. 학인은 스승으로부터 화두를 받아서 이를 생각으로 해결하려고 애쓰는 과정에서 의심을 일으키게 된다. 그 의심이 극대화되어 한계치를 넘는 순간, 주관과 객관으로 나뉘는 생각의 구조가 붕괴되면서 생각 이전의 마음자리를 보게 된다. 따라서 간화선 또한 생각을 통해 생각을 넘어가는 방편으로 조사선의 전통과는 다르다.

문제는 간화선을 통해 깨달은 사람도 적고, 깨닫는 데도 오랜 시간이 걸린다는 것이다. 우리나라 선방(禪房)의 경우 무문관이니 뭐니 하면서 몇 년씩 창살 없는 감옥살이를 하기도 하고 몇 십 년씩 장좌불와를 하는 등 애써 노력하지만 그래도 도루묵인 경우가 허다하다.

　　그러나 조사선의 황금시대에는 스승의 말 한마디에, 고함 한 번에, 또는 방망이 한 방에 문득 깨닫는 학인들이 수두룩했다. 물론 당시에는 대부분의 사람들이 학교 교육을 받지 않아서 개념에 덜 오염되어 있어 마음도 순수했을 것이다. 그러나 붓다 시대만 보더라도 깨달음이 몇 십 년을 고군분투해야만 하는 그런 사안은 아니었다. 아난 같은 특수한 경우를 제외하고는 붓다의 제자들은 모두가 그다지 어렵지 않게 깨달음의 대열에 동참할 수 있었다.

　　그런데 오늘날의 한국 불교는 간화선을 마치 한국 고유의 유일하면서도 뛰어난 수행 방편인 것처럼 내세우고 있다. 한 걸음 더 나아가 간화선의 전통을 다시 되살리고 나아가 세계화시켜야 한다고 주장한다.

　　간화선만이 깨달음으로 가는 최고, 최선의 방편은 아니다. 다만 간화선에 적합한 사람이 있고 그렇지 않은 사람이 있을 뿐이다. 더구나 이 시대 사람들은 어렸을 때부터 조기 교육으로 인해 개념과 관념에 오염되어 있어서 오히려 선의 방법이 적합하지 않은 경우가 많다. 그렇기 때문에 이 시대에는 개념과 이해를 통해 점진적으로 깨달음으로 나아가는 길이 오히려 효과적일 수도 있다.

깨달음에는 정해진 길이 없다. 깨달음도 인연을 따른다. 그래서 깨달음은 쉽다면 쉽고 어렵다면 어렵다. 또한 깨달음은 불교나 어떤 특정한 종파의 전유물도 아니다. 깨달음은 누구에게나 열려 있으며, 또 어떤 길을 가더라도 도달할 수 있다. 모든 사람은 이미 깨달음 속에 있기 때문이다. 다만 손가락만 보고 달은 보지 못하는 어리석음만 범하지 않으면 된다.

쉽게 깨닫는 법

'깨달음' 하면 보통 사람들은 감히 엄두도 낼 수 없는 어렵고 신비한 그 무엇으로 생각하기 쉽다. 그러나 깨달음은 그렇게 어려운 것이 아니다. 태어나기 이전부터 그대는 깨달음 자체였으며, 지금도 여전히 그 깨달음 속에 있기 때문이다. 다만 그대는 생각 때문에 '깨달음'이라는 그대의 참된 정체성을 확인하지 못했기 때문에 미혹 속에 빠져 있다.

그대가 깨닫지 못하는 이유는 다른 것이 아니다. 자신의 참된 정체성에 대해서 의문을 갖지 않기 때문이다. 그대는 몸, 그리고 생각과 느낌을 자신으로 알고서 그것들을 좇아가기만 한다. 그러면서도 "과연 이것이 진정한 '나'인가?"라고는 한 번도 되묻지 않는다. 그대는 생각하고 말하고 행동하는 진정한 주체에 대한 자각이 없다. 언제나 생각을 좇아서 내달리며 생각이 지어내는 온갖 망상에 사로잡혀 있다.

깨닫기 위해서는 먼저 진정한 자기 정체성에 대한 의문을 가져야만 한다. 일단 그대가 진정한 자기에 대한 의문을 가진다면, 그 의문은 진정한 자기를 발견하기 위한 노력으로 이어질 것이다. 그 노력은 전혀 어려운 것이 아니다. 돈이 드는 것도 아니다.

생각하거나 말하거나 행동할 때, 다만 이렇게 스스로에게 물어보라.

"지금 생각하는 이것은 무엇이지?"

"지금 말하고 있는 이것은 무엇이지?"

"지금 걸어가고 있는 이것은 무엇이지?"

단순한 이 물음은 생각을 좇아서, 또는 감각적 대상을 따라 내달리는 그대의 마음을 생각과 대상으로부터 단절시킨다. 이 물음들은 앉거나 서거나 움직이거나 말하거나 침묵하거나에 관계없이 꾸준히 지속되어야만 한다. 물론 처음에는 꾸준히 지속하기가 쉽지 않을 것이다.

중도에 다른 생각을 하다가도 그 사실을 알아차리는 즉시 다시 "딴 생각을 하는 이것은 무엇이지?" 하면서 물음으로 되돌아가기만 하면 된다.

이같이 내면의 물음을 꾸준히 지속하다 보면, 어느 순간부터는 노력하지 않아도 자동적으로 스스로 묻게 된다. 이와 함께 치성하게 일어나던 생각들은 점점 뜸해지다가 어느 순간 스르르 자취를 감춘다. 그러다 어느 순간 자기도 모르게 생각이 끊어지면서 폭발하듯 시각의 전환이 일어난다. 그대는 본성을, 그대 자신의 참된 정체성을 보게 된다. 그때 모든 의문은 작렬하는 햇볕에 눈이 녹듯 사라진다.

깨달음은 그대가 준비되었을 때 마치 도둑처럼 느닷없이 찾아온다. 그러나 아무런 노력도 없이 찾아오지는 않는다. 다만 꾸준히 관심을 갖고 지속적인 노력을 기울인다면 누구나 깨달을 수 있다. 왜냐하면 깨달음은 모든 사람이 태어날 때부터 가지고 있으며, 누구에게나 똑같은, 양보할 수 없는 권리이기 때문이다.

슬기로움이 바른 깨달음으로 이끈다

　한의학에는 체질 의학이라는 것이 있다. 사람마다 체질의 유형이 서로 다르기 때문에 같은 증상이라도 체질에 따라 약을 다르게 써야 한다는 것이다.

　구한말의 이제마는 사람의 체질을 태양, 소양, 태음, 소음의 네 가지 유형으로 분류하는 사상의학을 창시했다. 그 뒤 이를 다시 세분하여 팔상의학을 주장하는 사람도 있다.

　현상계에는 모습을 지닌 어떤 생물체도 똑같은 것은 없다. 창조는 다양성을 선호하며, 진화는 개체의 다양성을 확장하려는 방향으로 전개된다. 개체의 다양성은 급격한 환경 변화에서도 종(種)의 생존 확률을 높이기 때문이다.

　따라서 엄밀히 말하면, 사람마다 모두 체질이 다르다고 말할 수 있다. 체질 의학은 다만 치료의 편의와 효율성을 위해 몇 가지 유형으로 체질을 분류했을 뿐이다.

　이제 서양 의학에서도 체질 의학의 필요성을 절감하고 있다. 같은 증상의 두 환자에게 똑같은 약물을 주입했는데 어떤 환자는 병이 낫고 다른 환자는 쇼크로 사망한다면, 그 원인은 결국 체질이 서로 다르기 때문이라고 결론을 내릴 수밖에 없기 때문이다.

중생의 미혹됨은 망상병 또는 마음병이라고 할 수 있다. 그것도 고질적인 병이다. 그런데 체질만 사람마다 제각기 다른 것이 아니라 마음의 유형 또한 각기 다르다. 머리(생각) 지향적인 사람이 있고 가슴(감정) 지향적인 사람도 있다. 의심을 잘 하는 사람이 있고, 의심 없이 믿기를 잘 하는 사람도 있다.

마음공부의 방편은 마음의 병을 치료하는 약과 같다. 그러나 이처럼 사람마다 성격적인 유형이 서로 다른데도 한 가지 방편만을 고집하다가는 병이 낫기는커녕 잘못하면 낭패를 볼 수가 있다.

깨달음법도 마음의 과학이다. 여러 방편들은 인류의 긴 역사를 통해 실험되고 실증된 결과물이다. 각 방편마다 그것이 고안된 이유와 법칙이 있다. 효능을 발휘하는 경우와 그렇지 못한 경우가 있다. 무해한 것이 있는 반면에 위해를 가할 수 있는 것도 있다.

육체의 병을 다스리는 데도 아무 약이나 쓰지 않는다. 의사가 개인의 체질을 고려해 발급한 처방전에 따라 약을 짓는다. 그러나 마음병을 다스리는 방편의 적용에 있어서는 현실이 그렇지 못하다.

조계종이 대세인 한국불교에서는 방편으로 무조건 간화선만 거론된다. 마치 모든 사람이 간화선을 해야만 깨달을 수 있는 것처럼 말한다.

붓다의 재세 시에 어디에 간화선이 있었는가? 육조 혜능으로부터 이어지는 중국 선불교의 전성시대에 누가 간화선을 언급했는가?

실제로 대혜종고가 간화선을 창시한 이후, 간화선을 방편으로 깨달은 사람들은 그리 많지 않다. 그럴 수밖에 없다. 간화선에 적합한 특정한 성격 유형의 사람들은 그 숫자가 제한되기 때문이다.

간화선은 의심(의단)을 끝까지 밀고나가 주·객관으로 나뉘는 마음의 구조를 붕괴시켜 마음자리를 보는 방편이다. 따라서 이 방편은 의심이 많은, 생각 지향적인 유형의 사람에게 적합하다. 아무리 화두를 들어도 의심이 일어나지 않으면 도루묵이라는 말이다. 의심 없이 믿기를 잘 하는 유형의 사람에게는 간화선이 별 효용도 발휘할 수가 없다.

21세기는 통합의 시대이다. 동양과 서양의 경계가 사라지고 정신과 물질의 구분 없이 모든 정보들이 통합되어 온라인으로 접속이 가능한 시대이다. 그러나 존재의 근원을 찾는 깨달음법에 있어서는 아직도 전통적 권위에 매몰되어 외길만을 고집하는 어리석음이 사라지지 않고 있다.

슬기로움이 바른 깨달음으로 이끈다.

아니다, 아니다

깨달음을 위한 방편은 어렵고 복잡하고 실행하기 힘든 것이 아니다. 쉽고 단순하고 명료하다.

그대가 깨닫지 못하는 이유는 꾸준하고 지속적으로 실행하지 않기 때문이며, 다른 이유는 없다.

먼저 마음의 메커니즘을 충분히 이해하고 자신에게 적합하다고 여겨지는 방편을 일상생활 중에서 꾸준히 지속적으로 실행한다면 누구나 깨달을 수 있다. 산속에 들어갈 필요도 없고 가정을 버릴 필요도 없다. 그대는 이미 깨달아 있으며, 그 깨달음을 확인만 하면 끝나기 때문이다.

깨달음이란 진정한 자기, 즉 참나를 확인하고 언제나 참나를 자각하는 것이다. 참나를 자각하게 되면 자신이 지어내는 망상에 스스로 속지 않게 되므로 번뇌와 근심이 사라진다. 또한 존재의 실상을 알게 됨으로써 더 이상 두려움 없이 평화롭게 살아갈 수 있다.

그대는 아직 참나가 무엇인지 모른다.
한 번도 참나와 대면하지 못했기 때문이다.
참나와 제대로 대면하게 되면 결코 그것을 잊어버리지 않는다.

그렇다면 어떻게 해야 참나와 만나게 될까?

이미 찾고 있는 그대가 참나이지만 이 진실을 확인하기 위해서는, 진정한 자기를 확인하기 위해서는 '자기'와 '자기 아닌 것'을 구별하려는 의식적인 노력을 기울여야 한다.

깨닫기 위해서는 분리가 필요하다. 앎의 내용과 순수한 앎의 속성을 분별해야 한다. 이 둘을 구분하지 못하는 것이 동일시요, 무명(無明)이다.

동일시란 생각 속에 빠지는 것, 생각과 하나 되는 것을 말한다. 동일시를 끊고 의식이 스스로를 자각하는 것이 깨어 있음, 즉 각성(覺醒)이다. '마음 지켜보기'는 자각과 각성을 위한 방편이다.

생각과 느낌, 감각 대상을 단순히 지켜보는 것만으로는 미흡하다. 지켜보면서 그대는 의식적으로 분별해야만 한다.

무엇을 분별해야만 하는가? 보이거나 알려지는 대상들은 보는 주체, 즉 참나가 아님을 자각해야 한다. 그대는 생각과 느낌, 감각 대상과 몸, 이 모든 것을 지켜볼 수 있다. 참나는 '보는 자'이지 '보이는 대상'이 아니다. 따라서 이 모든 것은 참나가 아니다.

참나는 언제나 모든 것을 지켜보지만 참나 자신은 볼 수가 없다. 자신이 언제나 '보는 그것'임을 자각하는 것이 참나를 기억하는 것이요, 동일시에서 벗어나는 길이다.

깨어 있는 순간들이 점점 늘어날수록 세상만이 자신을 둘러싸고 있는 대상이 아니라 몸도 하나의 대상임이 분명해진다. 나아가 생각과 감정 또한 자신이 아니라, 자신과 분리된 타자이며 대상임을 보게 된다.

생각이 떠오르면 이 생각이 어디서 오며, 어디로 흘러가는지 지켜보라. 생각 속에 빠지지 말라. 생각과 하나가 되지 말라.

세상을 보면 "나는 이 세상이 아니다."라고 말하라.
자신의 몸을 보면 "나는 이 몸이 아니다."라고 부정하라.
생각을 보면 "나는 이 생각이 아니다."라고 외쳐라.
슬픈 감정이 일어나면 "나는 이 슬픔이 아니다."라고 되새겨라.

끊임없이 나 아닌 모든 것을 제거해 나가라.
생활 속에서 지속적으로 꾸준히 계속하라.

그러다 보는 그것만 남고, 보이는 모든 것이 사라지는 순간이 온다.
어느 순간 눈앞의 모든 것이 한꺼번에 사라진다.

참나만이 홀로 뚜렷하다.
그대는 그대 자신과 만나게 된다.

어디가 내면인가

영성 관련 책들을 보면 흔히 "내면을 향하라." 또는 "내면을 보라." 는 문구를 접하게 된다. 그러나 초심자들은 수행의 금과옥조로 여겨 지는 이 말이 정확히 무엇을 어떻게 하라는 것인지 모른다. '내면'이라 는 것이 도대체 무엇을 가리키는 것인지 애매모호하기 때문이다.

'내면(안)'이라는 것은 '외면(밖)'과 상대되는 말로서 결국은 "밖을 보지 말고 안을 보라."는 말인데, 어디가 내면이고 어디가 외면인지 헷갈린다.

결론적으로 말해서, 의식에는 내면과 외면이 따로 없다. 의식 안에 그대의 몸과 생각과 느낌들, 세계와 우주가 나타난다. 의식 외에 다른 것은 있을 수 없다. 그것은 영화 속에서 보는 온갖 모양과 색채들이 스크린을 벗어날 수 없는 것과 같다. 마찬가지로 꿈속에 나타나는 시간과 공간, 온갖 인물들과 사물들, 그리고 갖가지 사건들이 모두 한바탕 꿈을 벗어날 수 없는 것과 같다.

마치 몸 바깥에 존재하는 것처럼 보이고 들리는 물질적 대상들도 사실은 의식 안에 나타난 대상이지만, 그대는 몸을 기준으로 안과 밖을 구분한다. 그래서 그대는 "내면을 보라."는 말을 보고 들리는 감각적 대상이 아닌, 생각과 느낌들을 주시하라는 말로 이해할 것이다.

그러나 감각적 대상들뿐만 아니라 그대의 생각과 느낌들, 즉 의식의 대상으로 나타나는 것은 모두가 '외면'이다. 그대가 주시할 수 있는 것들은 모두 바깥이라는 말이다.

그렇다면 "내면을 보라."는 말은 무엇을 어떻게 하라는 말인가? 그것은 대상을 따라가는 의식의 초점을 의식하는 그것, 즉 주시자로 되돌리라는 말이다. 회광반조(廻光返照)하라는 뜻이다.

의식이 대상을 좇을 때 생각이 일어나며, 그대는 그릇된 동일시로 인하여 생각이 일으키는 개념의 환영 속에서 길을 잃고 헤매게 된다. 주시하는 그것의 정체를 확인하는 것이 마음공부의 알파요, 오메가이다. 그것만 확인하면 마음공부는 사실상 끝난다.

따라서 생각이 일어날 때, 생각의 내용을 따라가지 말고 생각이 일어나는 바탕(주시자) 쪽으로 의식의 초점을 되돌려야 한다. 한 생각이 일어날 때, "생각하는 이것은 무엇이지?" 하고 방향을 되돌려서 그 근원을 추구해야만 한다.

의식의 초점이 스스로를 향할 때 자연스럽게 생각은 사라진다. 계속 노력하다 보면 의식이 의식을 보게 되는 때가 반드시 온다. 확인하고 보면 주시하는 놈이라는 것도 따로 없다.

텅 빈 허공에 모든 것이 나타나고 사라지며, 그러면서도 그 허공이 모든 것을 지켜보고 모든 것을 안다.

오직 모를 뿐

    참나를 확인하는 것이 그렇게 힘들게 느껴지는 이유는 다름 아니라 그대가 바로 참나이기 때문이다. 그것은 마치 눈이 눈을 볼 수 없는 것과도 같다.

    그대는 살아오면서 한 번도 참나를 떠난 적이 없을 뿐만 아니라 지금도 24시간 참나 속에 있다. 그런데 왜 참나를 확인하기가 힘든 것일까?

    의식에는 통상적으로 깊은 잠, 꿈, 그리고 이른바 '생시(生時)'라고 부르는 깨어 있는 상태, 이렇게 세 가지 의식 상태가 있다. 깊은 잠은 무의식 상태이고, 꿈은 반의식 상태, 그리고 생시는 일상적인 의식 상태이다. 그러나 참나, 즉 순수의식은 이들과는 차원을 달리하는 바탕 의식이다. 라마나 마하리쉬는 이를 네 번째 의식이라는 의미에서 '투리야'라고 불렀다.

    참나는 세 가지 의식 상태의 밑바탕이 되면서도 이들을 초월해 있다. 따라서 일상적인 세 가지 의식 상태에서 참나를 포착할 수는 없다. 그러나 잠에서 깨어나는 순간 등 하나의 의식 상태에서 다른 의식 상태로 바뀔 때, 아주 짧은 순간에 참나를 확인할 수가 있다.

아침에 잠에서 깨어날 때, 의식은 돌아왔으나 아직 어떤 기억도 어떤 생각도 떠오르지 않아서 자신이 누구인지도 모르지만 의식만은 뚜렷한 짧은 순간이 있다. 이때가 바로 그대가 참나를 일별하는 순간이다. 그러나 그대는 무심코 지나쳐 버린다.

마찬가지로 생시 상태에서 참나를 일별하는 방법도 있다. 그대가 의식의 대상으로 떠오르는 생각, 감정, 다섯 가지 감각들과 동화되지 않을 때, 자신이 누구인지, 어디에 있는지도 모르는 채 그저 존재할 때, 그대는 텅 비어 있으면서 뚜렷한 의식의 각성 속에 있을 수 있다. 이때가 바로 삼매요, 참나에 머무는 순간이다.

선가(禪家)에서는 참나의 특성을 '공적영지(空寂靈知)'라고 일컬어 왔다. '텅 비고 고요하면서도 신령스러운 알아차림'이라는 뜻이다. 우리의 참나, 마음 바탕은 원래부터 이러하다.

그러나 그 위에 생각과 감정, 다섯 가지 감각들이 쉴 새 없이 교차하며 지나가면서 그것들에 가려지므로 그대는 텅 비고 고요한 마음 바탕이 그대의 본성이자 참나임을 알지 못한다.

깨달음의 체험이란 신비하거나 별다른 것이 아니다. 의식의 초점이 일상적인 세 가지 의식 상태에서 순수의식으로 옮겨가는 체험이다.

그것은 언어로 묘사하기도 힘들고 개념적인 이해를 넘어서 있다. 언어와 개념은 일상적인 세 가지 의식 영역을 기반으로 하고 있기 때문에 그 영역을 넘어서는 초월의식은 묘사할 수가 없는 것이다.

이것은 결국 자신이 원래부터 참나임을 확인하는 체험 이외의 다른 것이 아니다. 그동안 자기가 자기를 찾고 있었던 것이다.

그러나 일단 한 번 참나를 제대로 확인하게 되면, 의식의 초점이 참나를 자각하는 시간들이 점점 늘어나게 된다. 내면에는 24시간 고요하고 텅 빈 의식의 각성 상태가 흐르고 있음을 알게 된다.

이때부터는 더 이상 자신이 생각이나 감정이 아니라 그것들을 지켜보는 각성된 의식임을 분명히 자각하게 된다. 이 자각이 그대를 번뇌로부터 해탈로 인도한다.

그러면 어떻게 하면 참나를 제대로 확인할 수 있을 것인가? 일상생활 중에서 어떤 순간이라도 좋으니 홀로 있는 시간이 날 때 이렇게 해보라.

눈을 감고 우선 내면에 떠오르는 생각, 감정들을 고요히 지켜보라. 때로는 수많은 생각들과 느낌들이 꼬리에 꼬리를 물고 떠오를 것이다. 일단 그것들을 동일시나 감정이입 없이 그냥 지켜보기만 하라.

그 다음은 "나는 내가 누구인지 모른다."라고 자신을 납득시켜라.
나는 내가 누구인지 모른다.
이름도 모르고 남자인지 여자인지도 모른다.
여하튼 모르는 상태로 있어라.

그대가 오직 모르는 상태로 있을 때, 신기하게도 생각과 감정은 가라앉을 것이다. 왜냐하면 생각과 감정은 그대가 자신을 다른 '무엇'과 동일시할 때만 그것과 관련해서 솟아나기 때문이다. 모르는 상태에서는 동일시가 있을 수 없으며, 따라서 생각은 자연스럽게 맥을 추지 못하게 된다.

자신이 누구인지 모를 때, 내면에는 텅 빈 고요함이 자리 잡는 것을 느낄 수 있을 것이다. 그렇지만 모르는 것을 아는 의식의 각성은 뚜렷할 것이다. 어떤 꼬리표도, 라벨도 붙지 않은 텅 비고 고요한 의식의 각성이 참나이다. 이 상태가 계속 내면에서 흐르는 것이 삼매이다.

삼매가 깊어지면 해탈은 멀지 않다.

올인하라

올인하라.
궁극에 도달하기 위해서는 모든 것을 걸어야 한다.

무엇을 궁극이라 하는가?
더 이상 알 것도, 얻을 것도, 나아갈 곳도 없는 곳이 궁극이다.
깨달음이 궁극이다.

모든 것을 걸라는 말은 가족을 버리고 히말라야나 티베트로 가라는 말이 아니다. 슬기롭지 못하면 공연히 몸과 마음만 고달프게 하면서 얻는 것이 없다. 일상생활은 그대로 예전대로 지속하면서 의식의 초점을 참나 찾기에 맞추라. 앉으나 서나 걷거나 머물 때를 가리지 않고 언제나 참나 탐구에 몰두하라.

의식의 초점을 대상에 맞추지 말라.
의식하는 그것 자체를 자각하라.

그대가 만약 지적 호기심이나 성취욕을 만족시키기 위해 깨달음을 추구한다면, 또는 취미 삼아 가끔씩 책을 뒤적이면서 영적인 세계에 관심을 기울인다면, 그대는 결코 도달하지 못할 것이다.

참나는 그대의 전부를 원한다.

그대의 순일하고 지속적이며 집중된 관심과 헌신을 요구한다.

"나는 이제 반드시 도달할 것이다. 그 밖의 내 삶은 어떻게 되어도 상관없다!"는 각오로 임하라. 전쟁터에 나간 남편이, 아들이 살아서 돌아오기를 바라는 아낙네와 같은 간절한 마음으로 찾아라.

그러면 어렵지 않다.

상근기란 타고나는 것도, 머리가 똑똑한 것을 의미하는 것도 아니다. 상근기는 깨달음에 대한 발심이 얼마나 확고한가, 얼마나 순일하고 집중적으로 전심전력할 수 있는가가 요체이다.

한번 훌쩍 뛰어넘어서 도달하면 있는 그대로가 정토요, 불국토이다. 더 이상 알아야 할 것도, 얻을 것도 필요하지 않다.

모든 것을 걸어야만 전부를 얻는다.

목숨을 걸고 결투에 임하는 무사처럼 승부사가 되라!

용의 눈을 그려라

옛날 중국에 신필(神筆)로 알려진 화가가 있었다. 그는 마을의 절 담 벼락에 용 두 마리를 그렸는데 눈동자를 그리지 않았다. 마을 사람들 이 이상하게 생각하여 그 까닭을 물었다.

그는 "눈동자를 그리면 용이 하늘로 날아가 버리기 때문이다."라 고 대답했다. 사람들은 "에이, 설마?" 하면서 그 말을 믿으려 하지 않았다.

그가 하는 수 없이 용 한 마리에 눈동자를 그려 넣자 갑자기 마른하 늘에서 천둥이 울리고 번개가 쳤다. 눈을 얻은 용은 용틀임을 하면서 담벼락을 박차고 하늘로 올라가 버렸다. 그러나 눈동자가 없는 용은 지금껏 절의 담장에 그대로 남아 있다고 전한다.

존재의 근원을 밝히는 구도의 길에서 깨달음의 체험은 용의 눈을 그려 넣는 것과 같다. 제 아무리 경전에 해박하고 팔만대장경을 바로 외우고 거꾸로 외운다 하더라도 깨달음의 체험이 없으면 그것은 눈알 이 없는 죽은 용과도 같다.

깨달음의 체험이 없으면 반야심경의 말들은 모두 귀신 씨나락 까먹 는 소리처럼 들릴 것이다. 그러나 그대가 본성을 단 한 순간만이라도 보게 된다면 반야심경이 바로 실제 상황을 그대로 말하고 있음을 알게 된다. 거짓말인지 참말인지는 그대가 깨달아서 확인해 보라.

체험이란 곧 생각을 통한 이해가 아니라 주관과 객관이 나뉘지 않는, 주관과 객관이 일체가 된 통각적인 '알아차림'을 말한다. 그러므로 체험을 통해 실상을 바로 보는 눈이 비로소 열리게 된다.

통각적인 알아차림이 그대의 본래면목이다. 그것을 가려서 그대로 하여금 환영의 세계를 보게 만드는 것이 생각이요, 분별이다.

만일 구도의 길에서 생각이 끊어지며 주객이 일체가 되는 체험이 없다면 그대의 의심은 결코 사라지지 않을 것이다. 그리고 생각으로 인한 번뇌 또한 조복시킬 수 없다.

그러므로 무엇보다 직접적인 체험에 초점을 맞춰야만 한다. 체험은 생각이 끊어지는 순간 자연스럽게 일어난다. 따라서 지관법, 공관 수행법 등 마음을 통해 깨닫는 거의 모든 수행법들은 생각을 가라앉히는 데 초점이 맞춰져 있다.

깨닫는 데 필요한 방편들은 책이나 인터넷 등을 통해 이미 잘 알려져 있고 그 방법 또한 세세하게 설명되어 있다. 사실 어떤 방편이 더 뛰어나다고 단적으로 말할 수는 없다. 사람마다 생긴 모습과 특성이 모두 다르듯이 그 사람에게 맞는 방편이 있을 뿐이다. 그래서 깨달음도 인연을 따르는 것이다.

다만 본래면목이 드러나기 위해서는 자신의 공부가 무르익어야 한다. 따라서 그대가 깨닫지 못하는 것은 방법을 몰라서가 아니다. 순수한 발심으로, 이판사판으로 집중적이며 끈기 있게 물고 늘어져서 결판을 내지 못하기 때문이다.

지성이면 감천이다.
하늘 아래 이루지 못할 일은 없다.

유위의 수행은 필요치 않다

"어떻게 깨달을 것인가?"라고 하는 질문은 깨달음에 대한 무지에서 비롯된다. 깨달음을 구하는 모든 사람은 깨달음 속에서 깨달음을 찾고 있으므로 "어떻게?" 하고 방법을 묻는다면 깨달음에서 더욱 멀어지기 때문이다.

그대는 자기 집 안에 앉아서 자기 집을 찾고 있다.
그런데 "어떻게 내 집을 찾을 것인가?" 하고 물으면서 집을 찾아 길을 나선다면 자기 집에서 더욱 멀어질 것이다.

그러므로 먼저 그대가 무엇인지, 어디에 있는지를 발견하라.
도달해야 할 곳도, 찾아야 할 목적지도 없다.
얻어야 할 것도 없다.
이미 그대는 깨달음 속에 있으며,
그대가 이미 깨달음이기 때문이다.
다만 그대는 그것을 모르고 있을 뿐이다.
그러므로 찾는 노력을 멈추면 바로 깨달음이다.

깨달음이라는 어떤 목표가 있고, 거기에 이르기 위한 방법과 길이 있다는 생각은 잘못된 것이다. 특정한 수행을 통해 깨닫고자 하는 모든 유위적인 노력이 불필요할 뿐만 아니라 오히려 장애가 된다는 것은 바로 이 때문이다.

세상에는 깨달음이라는 영적 자기 발견의 길을 잘못 인도하는 수많은 수행법들과 깨달음에 대한 환상들이 있다. 그대를 미혹시키는 모든 그릇된 가르침들은 찾는 자가 바로 찾으려 하는 그것이라는 근본 진리에 대한 무지에서 비롯된다.

그래서 그대는 수행이라는 명목 아래 쓸데없이 육체를 괴롭히고, 밖으로 특별한 수행법과 길을 찾아서 헤맨다.

깨달음은 그대가 원래부터 완전하게 가지고 있는 것이며, 따라서 시간과 노력을 들여 애써 닦아서 도달하는 것이 아니다. 다만 생각을 쉬기만 하면, 곧바로 깨달을 수가 있다.

그러나 유위적인 수행이 필요 없다고 해서 아무 노력 없이도 깨달을 수 있다는 것은 아니다. 그대가 원한다고 해서, 생각을 쉬려고 한다고 해서 생각이 쉬어지지가 않기 때문이다. 그러므로 끊임없이 관심은 가지되 작위적이지 않고 애쓰지 않는, 노력 없는 노력이 필요하다.

이와 같은 무위의 노력을 계속하다 보면, 어느 순간 자신도 모르게 깨닫고자 하는 생각마저 놓이는 순간이 온다. 그때, 그대는 그대가 찾고 있는 바로 '그것'이라는 진실을 깨치게 된다.

정해진 길은 없다

　본래의 성품을 깨닫게 됨으로써 확인하게 되는 해탈은 생각으로는 헤아릴 수가 없다. 어떻게 해서 모든 번뇌의 얽매임에서 풀려나고 미혹의 괴로움에서 벗어나게 되는지는 설명할 수 없다.

　그 과정을 설명할 수는 없지만, 본성을 힐끗 한번 보는 것만으로도 번뇌 망상과 그로 인한 고통에서 벗어나는 것만은 확실하다. 해탈로 가는 외길이 깨달음이라는 사실은 본성을 확인한 사람들은 분명히 알게 된다.

　그러나 어떻게 하면 깨달을 수 있는가에 대한 정해진 해답은 없다. 근본 무명(無明)이라는 상황은 모든 사람에게 공통되지만, 그 무명을 이루고 있는 조건들은 각 개인마다 특수하고 서로 다르기 때문이다. 그러므로 수행을 통한 노력으로 깨달을 수 있다거나, 아니면 깨달은 스승의 인도를 받으면 반드시 깨달을 수 있다고도 말할 수 없다.

　한 가지 분명한 것은 깨닫기 위해서는 스스로가 근본 무명에서 벗어나지 못하고 있다는 사실을 분명히 자각하고 깨달음을 지향해야만 한다는 것이다. 그러나 깨달음을 지향하되 유위적인 노력은 필요하지 않다. 작위적인 노력 없이 추구해야만 한다. 그래서 이 길을 '길 없는 길'이라는 일컫는 것이다. 이 말은 모순되는 것 같지만 그대가 깨닫는 순간 진실임을 알게 된다.

그러므로 깨달음은 그대가 노력으로 성취하게 되는 경지가 아니라 그대의 모든 작위적인 노력과 추구함이 쉬어질 때, 스스로 손님처럼 그대를 찾아온다.

그대는 이미 완전하며 전체성(깨달음) 속에 있지만, 수행과 같은 깨달으려고 하는 작위적인 행위가 그대를 '찾는 자'와 '찾으려는 대상'으로 나누기 때문에 그대는 미혹 속에서 헤매게 된다. 찾으려는 노력이 스스로 쉬어지는 순간, 그대는 문득 그대가 '완전한 하나'이며, 그 하나는 언제나 있어 왔다는 진실을 보게 된다.

그러면 찾으려는 노력을 어떻게 쉴 수 있을까? 우선 찾으려고 노력한 뒤에야 찾음을 쉴 수 있지 않겠는가?

붓다는 실상을 깨치려는 열망으로 6년 동안 자신이 할 수 있는 모든 고행과 노력을 다했다. 그러나 그 모든 노력이 아무 소용이 없다는 것을 알게 된 순간, 자연스럽게 그 모든 노력을 내려놓았다. 보리수 아래 앉아서 모든 노력을 내려놓고 편히 쉬게 되었을 때, 떠오르는 새벽별을 보는 순간 실상을 보았다.

작위적인 수행은 깨달음에 장애가 되지만, 역설적으로 혼신의 힘을 다한 추구와 노력은 마침내 그대로 하여금 스스로 모든 것을 내려놓게 만든다. 모든 것을 포기하고 저절로 쉬어질 때, 깨달음은 자신도 모르게 찾아온다.

깨달음은 때가 되어야만 일어난다. 그대가 준비가 되어야만 한다. 그러나 그 때가 언제인지는 예측할 수 없다. 내일이 될 수도, 3년 후가 될 수도, 아니면 10년 후가 될 수도 있다. 아니면 깨닫지 못한 채 생을 마감할 수도 있다.

그러나 그대가 노력은 하되 깨달음을 기다리지도 기대하지도 않을 때, 깨달음은 찾아온다. 이것이 깨달음의 역설이다.

지금 여기의 현존이 깨달음이다

그대는 무엇을 기다리고 있는가?

극작가 사무엘 베케트의 희곡 '고도를 기다리며'는 인간의 무의미하면서도 부조리한 기다림을 주제로 하고 있다.

막이 오르면 말라 버린 나무 몇 그루 서 있는 황량한 벌판에 두 부랑자가 나타나, 오기로 되어 있는 '고도'라는 인물을 기다린다. 그들은 고도를 기다리면서 시답지 않은 농담과 다툼으로 시간을 보낸다. 그들은 고도를 기다리고 또 기다린다. 그러나 연극이 끝날 때까지 고도는 오지 않는다.

그대 또한 이 연극에 나오는 두 부랑자와 다름이 없다.

그대는 습관적으로 무언가를 기다린다. 그대는 여태까지 무언가를 기다리느라 삶을 낭비해 왔지만 그 기다림은 지금도 계속되고 있다.

직장에서는 지겨운 하루 일과가 어서 끝나기를 기다리고, 여름휴가가 끝나면 다음 휴가를 기다린다. 언젠가는 자신의 이상형인 이른바 소울메이트가 나타나 주기를 기다린다. 성공하고 부자가 되고 권력을 움켜쥐고 자신의 이름이 매스컴에 오르내리기를 기다린다.

그대는 지금까지 이와 같은 기다림이 하나도 이뤄지지 않았더라도 결코 기다림을 그만두지 않는다. 언젠가는 자신의 기다림이 성취될 것이라는 희망을 결코 포기하지 않는다.

그대는 이제 깨달음을 기다린다.

그러나 명심하라. 기다리면 깨달음은 오지 않는다.
왜냐하면 깨달음은 이미 와 있기 때문이다.

마음은, 에고는 기다림을 먹고 산다. 과거의 기억을 미래로 투사할 때, 그것은 기다림이 된다. 그래서 마음은 끊임없이 과거와 미래를 오간다.

에고는 과거의 기억에 의해서만 정체성을 확인할 수 있으며, 미래를 기다림으로써 유지될 수 있다. 그런데 과거와 미래는 그대의 생각 속에서만, 상상 속에서만 존재하는 시간이다. 과거와 미래는 실재하는 시간이 아니다.

기다림 속에서 살아갈 때, 그대는 상상 속에서 살아가는 것이다.
기다림 속에서는 결코 지금 여기에 현존할 수가 없다.

지금 여기의 현존이 참나다.
따라서 깨달음은 기다림 속에서는
결코 오지 않는 것이다.

깨달음을 기다리지 말라.

깨달음은 이미 그대 곁에 와 있다.

구함과 찾는 행위를 멈출 때, 기다림에서 벗어날 때,

생각은 자연스럽게 가라앉는다.

과거와 미래를 끊임없이 오가던 마음이 스스로 멈춘다.

지금 여기의 현존이 깨달음이다.

지켜보기

동일시가 속박이다.

꿈에서 깨어나야 그것이 꿈인 줄을 알듯이 마음에서 벗어나 봐야 마음이 무엇인 줄을 알게 된다. 마음에 갇혀서 마음 밖을 모르면 마음과의 동일시에서 해방되지 못한다. 마음과의 동일시가 속박이요, 동일시에서 벗어나는 것이 해탈이다.

마음이란 생각의 흐름이다.

생각은 나타났다가 사라지길 끊임없이 반복하지만, 찾아보면 그 실체가 없다. 다만 생각의 흐름은 지속적으로 이어지기 때문에 고정적인 실체가 있는 것처럼 느껴질 뿐이다.

그대는 생각의 흐름이 아니라, 그것을 지켜보는 의식이다.

생각이 나타났다 사라지는 '바탕'이면서, 동시에 그것을 지켜보는 '주시함'이다.

그러나 그대는 생각의 흐름을 자신과 동일시함으로써 마음의 감옥에 갇히게 된다. 마음속에 갇히게 되면 마음의 부림을 받는 노예가 된다. 그대에게는 자유가 없다.

마음과의 무의식적인 동일시에서 빠져나오기 위해서는 그대(주시함)와 생각 사이에 간격을, 틈을 만들어야만 한다. 생각과 그대가 일체가 되어 주체인 그대를 잃어버리는 것이 동일시이기 때문이다.

생각이 일어날 때마다 아무런 판단 없이 그저 지켜보라.
잠잘 때를 제외하고는 앉으나 서나 걸어갈 때나 밥 먹을 때나 끊임없이 지속적으로 지켜보라.

지켜봄이, 주시함이 생각과 그대 사이에 틈을 만들고 생각과의 무의식적 동일시에서 벗어나게 해준다. 지켜본다는 것은 의식의 초점을 대상인 생각에서 주체인 의식으로 되가져오는 수승한 방편이다. 지켜보는 힘이 자라날수록 생각은 점점 줄어들고 생각 없음의 여백은 반비례해서 커진다. 그러다 어느 순간 생각의 흐름이 끊어지고, 생각을 향하던 의식의 초점이 의식 자체와 완전히 일치하는 순간이 온다. 그대의 본래면목을 보게 되는 순간이 온다.

한번 그대가 본성을 확인하게 되면, 점차 생각과의 동일시에서 풀려나게 된다. 주체인 본성(주시함)을 확인했으므로 대상인 생각을 자신으로 혼동하지 않게 된다. 비로소 마음의 감옥에서 해방된다.

깨달음 이후에도 생각은 계속해서 일어난다. 그러나 생각과의 동일시에 빠져 생각의 부림을 당하지 않게 된다. 역으로 필요하면 언제든지 마음을 부릴 수 있게 된다.

이제 그대를 옥죄는 속박과 굴레는 그 어디에서도 찾을 수가 없게 된다.

찾으려 하지 말라

본래성품은 이해되는 것도, 찾을 수 있는 것도, 얻을 수 있는 것도 아니다. 이해하려 하면 이해하는 자와 이해되는 대상으로 나뉘게 되며, 찾으려 하면 찾는 자와 찾으려는 대상으로 나뉘게 되고, 얻으려 하면 얻는 자와 얻으려는 대상으로 나뉘기 때문이다. 그대는 이미 완전한 이해 속에 있으나, 이해하려는 그 생각이 진정한 이해를 가로막고 있다.

그대는 지금 자기 집 안에 앉아서 자기 집을 찾고 있기 때문에 지금 자기가 앉아 있는 곳이 자기 집임을 모르고 있을 뿐이다.

깨달음은 깨닫는 자와 깨달아지는 대상이 하나임을 아는 것이므로 이해되는 것도, 찾아지는 것도, 얻어지는 것도 아니다. 다만 하나로 통할 수 있을 뿐이다.

분별로 인한 분리만 사라지면, 모든 사람이 날 때부터 지니고 있는, 원래 완전한 한바탕인 깨달음은 스스로 드러난다.

모든 유위적인 수행은 수행하는 자와 수행하는 대상으로 나뉘게 되므로 깨달음으로부터 더욱 멀어진다. 그대가 만일 오랜 시간 동안 모든 에너지를 쏟아 부어 유위적인 수행에 몰입해도 깨달음이 일어나지 않는다면 마침내 그 노력을 포기할 것이다.

깨달음을 얻으려는 노력을 포기하는 그 순간, 그대를 사로잡고 있던 분리가 사라지게 되며, 그 무위(無爲)의 상태에서 깨달음은 스스로 드러난다.

이해하려 하고 찾으려 하고 얻으려 하는 것은 모두 유위적인 행위이다. 그러나 이해하려 하지 않으려 하고 찾으려 하지 않으려 하고 얻으려 하지 않으려 한다 해도 이 또한 유위적인 행위가 되고 만다.

깨달음이 쉬우면서도 어려운 것은 자연스러운 무위, 의도하지 않은 무위에 도달하기가 어렵기 때문이다. 그러나 깨달음에 진실로 관심을 갖고서 이해하려는 생각, 찾으려는 생각, 얻으려는 생각을 놓아버린 채 바른 가르침에 귀를 기울인다면, 어느 순간 자신도 모르게 깨달음은 드러나게 된다.

그러나 만약 어떤 특별한 방법이나 방편을 통해 깨닫고자 한다면, 깨달음은 더욱 멀어지게 된다.

최상승법과 방편

마음공부에 있어 가장 뛰어난 가르침에는 아무런 방편이 없다.

방편은 마치 이 언덕에서 저 언덕으로 강을 건너게 하기 위해 마련된 나룻배와 같은 것이다.

진실을 밝히자면, 깨달음은 배를 타고 이 언덕에서 저 언덕으로 건너가는 것처럼 노력이나 유위적인 움직임으로 얻을 수 있는 것이 아니다.

그대가 지금 서 있는 그 자리가 바로 깨달음의 자리이기 때문이다.

만약 그대가 지금 서 있는 이쪽 언덕 나루터에서 배를 탄다면 깨달음이란 목적지에 도달할 수 없을 것이다. 배를 타는 행위 자체가 깨달음에서 점점 멀어지게 하기 때문이다. 최상승법의 견지에서는 방편에 의지하는 것 또한 그러하다.

그렇다면 무엇이 잘못되었는가?

깨달음이 이 언덕이 아닌 저 언덕에 있어서 시간을 들여서 노력하면 저 언덕에 닿을 것이라는 믿음 자체가 그릇된 것이다.

따라서 최상승법에서는 수행 자체가 불필요할 뿐만 아니라 오히려 걸림돌이 된다. 모든 수행과 노력을 내려놓고 깨달으려는 의도조차 내려놓을 때 그대는 참나와 만나게 될 것이다. 참나는, 깨달음은 다름 아닌 있는 그대로의 본연의 상태이지 노력해서 만들어 가고 이루어야만 하는 대상이 아니기 때문이다.

최상승법에서 요구하는 것은 "그냥 고요히 있으라."는 것뿐이다.

그러나 이것은 행위와 노력에 길들여지고 중독된 그대에게는 가장 어려운 주문이 될 것이다. 왜냐하면 여기에 고요히 있으라는 것은 고요히 있으려고 하는 의도마저도 내려놓아야 하기 때문이다.

이 같은 문제 때문에 차선책 내지는 차차선책으로 여러 가지 방편들이 고안된 것이다. 그러나 모든 방편이 의도하는 목적은 생각을 내려놓게 하는 데 있다. 생각만 내려놓으면, 생각과의 동일시에서만 벗어날 수 있다면, 그 자리가 바로 깨달음이기 때문이다.

모든 의도와 노력이 바로 생각을 일으키는 에너지가 된다. 따라서 여러 가지 방편들은 그대의 과잉된 에너지를 소진시켜서 모든 의도와 노력을 내려놓게 하기 위해 고안된 것이다.

만약 그대가 한밤중에 잠을 이루지 못한다면 그대는 책을 읽거나 할 것이다. 수면을 방해하는 것은 잉여 에너지 또는 여기저기 산만하게 일어나는 생각 때문이므로 의식을 책에 집중하면 자연스럽게 잠들게 된다. 여기서 책은 방편과 같은 것으로 잉여 에너지를 제거하고 산

란된 생각을 가라앉히는 데 도움을 준다.

깨달음은 얻거나 이루는 것이 아니라 그대 본연의 상태임을 깊이 이해하라. 곧바로 본연의 상태에 머물 수만 있다면, 그 자리가 바로 깨달음이다. 이보다 더 쉬운 것이 어디 있는가?

틈

만약 깨어 있고 주의 깊게 스스로를 살펴본다면 일상생활 가운데서도 참나를 일별할 수가 있다. 참나는, 본성은 언제나 그대가 쓰고 있으면서도 생각에 가려져서 알아채지 못하기 때문에 모르고 있다. 그러므로 참나를 일별하기 위해서는 생각이 미처 일어나기 이전의 아주 짧은 순간을 포착하는 주의 깊음이 필요하다.

참나를 흘낏 볼 수 있는 아주 짧은 순간은 아침에 잠에서 깨어날 때이다. 잠에서 깨어날 때, 의식은 깨어났으나 아직 기억이 채 돌아오지 않은 아주 짧은 순간이 있다. 의식 공간에 천정이나 창, 또는 벽이 들어오고 자명종 소리나 새소리가 들리지만 그것이 '무엇'인지 분별되기 이전의 아주 짧은 순간을 포착하라.

그 순간은 뚜렷한 의식은 있으나 아직 기억이 돌아오지 않았기 때문에 동일시할 내용이 아무것도 없다. 따라서 만약 기억이 돌아오기까지의 틈이 다소 길어진다면 그대는 무척 당황하게 될 것이다. 의식이 동일시할 내용이 없기 때문에 자신이 누구인지 모르는 공백 상태가 이어지기 때문이다.

이 경우처럼, 인식은 있으나 아직 분별이 일어나지 않은 의식의 상태가 참나, 순수의식이다. 또렷하게 알아차리는 의식 공간이 참나

152

이다. 참나는 생각의 과정을 거치지 않기 때문에 개념적으로 이해되지 않지만 알아차림이 있으므로 다만 스스로 존재성을 확인할 수는 있다.

　모든 사람의 근본 바탕은, 아니 모든 존재의 근본 바탕은 참나이다. 참나가 기억과 몸, 생각들과의 동일시에 의해 분별을 일으키면 여기서 '아무개'라고 하는 개체성이 탄생한다. 그러나 참나는 아무런 내용이 없는 순수한 '앎의 성질'이므로 개체성이 없으며 누구에게나 공통적이다. 그래서 참나를 일컬어 '한마음'이라고 부르는 것이다.

　그대는 애초부터 참나이지만, 참나는 육체적 감각에 의해 포착되지도 않고 스스로를 확인하지 못했기 때문에 몸과 생각을 자신과 동일시하게 된다. 이처럼 그릇된 동일시가 바로 근본 무명이다.

한계를 넘어서라

최근 서양에서 이른바 한 소식 했다는 사람들의 체험담을 읽어 보면 흥미로운 사실을 발견할 수 있다.

바이런 케이티와 에크하르트 톨레가 그들인데, 그들은 깨닫기 위해서 아무런 수행이나 노력도 하지 않았다는 공통점이 있다. 그들은 에고적 성향의 극대화 때문에 극심한 정신적 고통을 겪다가 어느 순간 깨어났다고 고백하고 있다.

육체적 고통의 경우도 의식이 더 이상 견뎌내지 못할 만큼 극심해지면 기절을 통해 무의식 상태로 빠지게 된다. 자연은 이렇게 육체와 정신을 위한 안전장치를 마련해 놓았다.

케이티와 톨레의 경우는 의식의 극한적인 이원적 분리가 가져다주는 극심한 정신적 고통으로 에고가 저절로 붕괴되는 체험의 사례이다. 그들은 모두 그 체험 이후에 일시에 고통이 사라진 것은 물론 엄청난 평화와 환희, 지복을 경험했다고 적고 있다.

깨달음에 도달하는 데는 어떤 '임계점'이 있다. 물이 100℃가 되어야 끓기 시작하는 것처럼 의식도 특정한 포인트에 이르러야 질적인 변환이 일어난다.

화두(話頭)의 경우는 의식을 이러한 임계점에 도달시키기 위해 인위적으로 고안된 장치이다. 즉, 생각으로 해결할 수 없는 문제를 붙잡고 끊임없이 씨름하다가 의심의 한계점에 다다르면 일시에 생각의 이원적 구조가 붕괴되면서 본성이 드러나게 된다. 선(禪)에서는 이 한계점을 '은산철벽(銀山鐵壁)' 등으로 비유적으로 불렀다.

자연은 깨달음에 이르는 다양한 길들을 마련해 놓았다. 그러나 일상적이고 범상한 의식 상태에서는 깨달음은 결코 일어나지 않는다. 그대가 스스로를 더 이상 나아갈 수 없을 것 같은 한계까지 몰고 나갈 때, 깨달음은 청하지도 않은 손님처럼 찾아온다.

허공을 바라보라

육체와 마음을 통해 작용하고 있는 것처럼 여겨지는 개체적인 자아가 '나'라는 생각을 버리기만 하면 누구나 쉽게 깨달을 수 있다.

그대는 너무나 오랜 시간 동안 가정과 사회로부터 받은 주입식 교육을 통해 개체적 자아를 오히려 강화하는 방향으로만 내몰리며 살아왔다. 그대는 개체적 자아를 강화해야만 사회에서 성공할 수 있고 또 살아남을 수 있다는 생각을 믿고 또 그렇게 되려고 노력해 왔다.

그러나 설사 그대가 세속적 관점에서 성공을 했다 하더라도 나이가 들어가면서 어느 순간 그런 방식으로 사는 것이 결코 행복하지 않다는 사실을 발견하게 된다. 집을 떠난 나그네는 길 위에서는 결코 편안하고 행복할 수 없기 때문이다.

"이렇게 사는 것이 아니야. 뭔가 잘못됐어!" 하고 자각하기 시작하면서 종전과는 다른 삶의 방식을 모색하며 대개 영적인 구도의 길은 시작된다.

비록 이해로나마 존재의 실상에 대한 진실에 익숙해지고 충분히 준비가 되었을 때, 간단한 방편을 통해서도 깨달음은 느닷없이 찾아올 수 있다.

깨달음을 가로막고 있는 장애물은, 육체와 마음을 통해 작용하고 있는 개체적인 자아가 '나'라는 생각과, 눈에 보이는 대상이 고정적인 실체라는 생각이다. 따라서 이 두 가지 생각 중에 하나만 제거된다면 쉽게 깨달을 수가 있다. 이 두 가지 생각은 서로 의존해서 생겨나기 때문에 하나만 사라져도 둘은 함께 자취를 감춘다.

체험하지 못했을 때는 깨달음이 뭔가 신비하고 대단한 것처럼 느껴지지만, 깨닫고 나면 깨달음은 단순하면서도 거기엔 합당한 논리가 있다는 사실을 알게 된다. 따라서 깨달음은 비이성적인 것이 아니라 이성을 뛰어넘으면서도 이성을 포용한다.

쉽게 행할 수 있는 간단한 방편이 있다.
한가한 시간에 허공을 바라보라. 구름 낀 하늘보다는 되도록 구름 한 점 없이 맑게 갠 여름이나 가을 하늘이 좋다. 허공에 바라볼 대상이 없어야 한다. 구름을 바라보면서 "저건 코끼리 닮았네." 하고 생각한다면 아무 효과가 없다.

맑게 갠 하늘에는 어디에고 시선의 초점을 맞출 대상이 없다. 초점 없이 그냥 그대로 허공을 바라보라. 의자에 앉거나 드러누워도 좋다. 아무런 움직임 없이 되도록 오랫동안 바라보라.

30분에서 1시간 정도가 좋다. 시간이 갈수록 점점 생각은 줄어들고 내면에서 무언가 녹아내리는 느낌이 들 것이다.

눈에 보이는 허공은 사실은 그대의 의식 공간과 같은 것이다. 따라서 허공을 바라보는 것은 마음이 마음을, 의식이 의식을 바라보는 것이다.

의식이 의식에 초점을 맞추는 것이 명상이다. 그때 생각은 자연스럽게 가라앉게 된다. 생각이 가라앉은 상태로 일정한 시간이 지나면 그대의 본성은, 생각 이전의 마음 바탕은 자연스럽게 드러난다.

그것이 깨달음이다.

환상을 버려라

오랜 세월 동안 마음공부나 정신수련을 해왔다고 자부하는 사람들을 만나 보면 뜻밖의 사실에 놀라게 된다. 그들이 가지고 있는 깨달음의 이해가 전혀 엉뚱한 환상에 근거해 있기 때문이다.

출발부터 번지수를 잘못 짚고 있는데 어떻게 목적지에 도달할 수 있겠는가?

물론 이것은 그들만의 잘못은 아니다. 깨달음을 신비스럽고 보통 사람들은 도달할 수 없는 대단한 것으로 포장하고, 또 그것을 소수의 전유물로 만들어 특정한 권위를 유지하려 하는 기성 종교의 잘못도 있다.

깨달음은 보편적인 진리이다. 그것은 남녀노소 누구나 날 때부터 가지고 있으며, 언제나 그것 없이는 살아갈 수 없는 우리 모두의 본바탕이다. 따라서 제대로 알고 올바르게 발심하면 누구나 깨달을 수 있다.

그러나 출발부터 목적지를 잘못 알고 있다면 아무리 노력해도 그 여행은 실패로 끝나고 말 것이다.

깨달음은 지금 꾸고 있는 꿈에서 다른 꿈으로 옮겨가는 것이 아니다. 꿈에서 실상으로 깨어나는 것이다. 스스로 만들고 또 그것에 속는 환상에서 깨어나는 것이 깨달음이다.

꿈에서 깨어나기만 하면 있는 그대로 완벽하며
원래부터 아무런 문제도 없음을 알게 된다.

깨달음에 대한 환상을 버려라.
그것은 신비스럽고 황홀한 것도 아니며,
일상과 다른 별개의 것이 아니다.

그대가 깨달음에 대한 환상을 버릴 때,
깨달음은 바로 그대의 발밑에 있다.

3부

있는 그대로

침묵 속에서 내면의 주절거림이 사라질 때
그대는 자신이 바로 사랑임을,
존재하는 모든 것이 사랑임을 확인할 수 있다.
그대가 본래부터 사랑임을 확인하게 될 때,
그때부터 그대가 하는 모든 말과 행위는 사랑의 표현이 된다.

사랑을 떠나서는 아무것도 존재할 수 없다.

그대 안의 사랑을 발견하라

사랑이 무엇이냐고 묻는다면 어떻게 대답할 것인가? 어느 유행가 가사처럼 '눈물의 씨앗'이라고 대답할 것인가, 아니면 어깨를 으쓱하면서 난감한 표정을 지을 것인가?

살아오면서 그대는 개념이 아닌 진실한 사랑의 감정을 몇 번이나 체험해 보았는가? 사랑을 정의하기가 쉽지 않은 것은, 그것은 개념으로 알 수 있는 것이 아니라 오직 체험을 통해서만 알려지는 것이기 때문이다. 마치 물을 마셔 보아야만 물맛을 알 수 있는 것처럼.

사랑은 행위가 아니다. 사랑 속에서 그대는 어떤 행위를 할 수는 있지만, 그 행위 자체가 결코 사랑은 아니다. 그러므로 그대는 자신은 물론이요, 타인도 사랑할 수가 없다.

이른바 사랑을 하기 위해서는 '사랑하는 자'와 '사랑받는 자'가 나뉘어야 한다. '사랑하는 자'와 '사랑받는 자'의 분리는 오직 생각 속에서만 가능하다. 따라서 행위로서의 사랑은 언어의 유희일 뿐이다.

사랑은 진정한 존재의 상태이다. 생각을 통한 '너'와 '나'의 분리가 일어나기 이전의 전체가 하나로 체감되는 완전한 일체성의 느낌이다. 사랑 속에서는 '나' 외의 다른 어떤 것도 존재하지 않는다.

참나의 앎의 측면이 존재라면, 느낌의 측면이 사랑이다.
사랑은 참나의 다른 이름이다.

사랑을 찾아서 밖으로 헤맬 필요는 없다.
그대 자신이 바로 사랑이다.
사랑을 발견하라.
그러면 그렇게 목말라 하는 사랑이 넘쳐흐르도록 충족된다.
존재하는 모든 것이 사랑임을 알게 된다.

사랑을 촉발할 수 있는 것은 그대의 연인일 수도 있고
길가에 피어 있는 장미 한 송이,
또는 그대가 기르는 강아지일 수도,
아니면 눈부시게 아름다운 석양일 수도 있다.

그러나 사랑은 대상 자체에 존재하는 것이 아니다.
하나의 대상은 다만 사랑으로 통하는 문을 열어 놓는다.
대상이 사라지고 대상을 보는 주체마저도 사라졌을 때,
그대는 홀연히 황홀한 사랑의 품안에 있음을 알게 된다.

사랑은 모든 것을 품안에 껴안는다.
누구도 사랑으로부터 달아날 수가 없다.

그대가 그것이다.

그림의 떡

깨달음의 핵심은 앎의 내용에서 순수한 알아차림을 가려내는 것이다. 순수한 알아차림이 순수의식이요, 본성이요, 참나이다.

지혜를 통해 참나를 자각하는 방법이 있다.
의식에 나타나는 대상을 제거함으로써 참나를 자각하는 길이다. 이 것은 부정의 방법이다.

비유하자면, 하늘에 떠 있는 구름을 하나하나 제거함으로써 청정하고 텅 빈 하늘을 드러나게 하는 것과 같다. '마음 지켜보기'와 '아니다, 아니다'의 방편이 그러하다. 이는 실행자의 노력에 의해 내면에서 점진적으로 이루어진다.

반면 이러한 과정은 스승이 의도한 바에 따라 일순간에 일어나기도 한다.

덕산이 용담 선사를 찾아갔다.
용담 선사의 방에서 밤이 깊었다.
용담 선사가 말했다.
"그만 내려가 보게나."

덕산이 내려가 쉬려고 발을 걷고 나가다 바깥을 보니 캄캄하였다.
돌아서며 말했다.
"화상이시여, 바깥이 캄캄합니다."

용담 선사가 촛불을 켜서 건네주었다.
덕산이 막 촛불을 잡으려고 하는 찰나에 용담 선사는 곧바로 촛불을 불어서 꺼버렸다.

"……"
잠시 침묵이 흘렀다.
덕산에게서 자신도 모르게 소리가 흘러나왔다.
"내가 앞으로 다시는 천하의 노화상들의 말을 의심하지 않겠노라."

그리고는 금강경 소초들을 가져다가 법당 앞에 쌓아 놓고는 횃불을 높이 들고 외쳤다.
"모든 현묘한 이치를 다 말하더라도 마치 터럭 하나를 저 허공에 두는 것과 같고, 세상의 모든 중요한 일을 다 하더라도 마치 물 한 방울을 큰 바다에 더하는 것과 같다! 그림의 떡은 주린 배를 채울 수 없다."

덕산은 횃불로 금강경 소초를 모두 불태워 버린 뒤 용담 선사에게 큰절을 올리고는 떠났다.

널리 알려진 선(禪)의 일화 가운데 하나이다.
금강경의 일인자로 자처하던 덕산은 아직 자성을 보지 못했다.
용담 선사는 손에 든 촛불을 불어서 끔으로써 덕산을 깨닫게 했다.

용담이 촛불을 끄는 순간, 덕산은 과연 무엇을 본 것일까?

촛불을 끄는 순간, 천지는 빛 하나 없는 캄캄한 암흑으로 변해 버렸다. 덕산이 전혀 예기치 않게 갑자기 눈앞의 세상이 사라져 버린 것이다. 의식의 모든 내용이, 대상들이 홀연히 사라져 버렸다.

순간, 덕산은 의식하는 그것, 순수한 알아차림을 자각했던 것이다. 성품을 본 것이다.

스승 용담은 덕산이 무르익었으나 아직 성품을 보지 못했음을 간파했다. 용담의 혜안과 기지는 일순간 덕산의 감긴 눈을 뜨게 만들었다.

깨달음은 이처럼 그대가 준비되면 예기치 않게 느닷없이 찾아온다. 금강경을 외우고 제 아무리 그것을 뛰어나게 해석하고 강의한다 하여도 본성을 보지 못하면 아무런 쓸모가 없다. 그것은 그림의 떡에 불과하다. 그림의 떡은 주린 배를 채울 수가 없다.

그대의 본성은, 본래면목은 끝을 알 수 없는 허공, 광막한 바다와 같고 세상의 모든 경전들과 이론들은 터럭 하나와 물 한 방울에 지나지 않는다.

깨달으면 무엇이 달라지는가

깨달음에 대해 그대가 지금까지 들어 온 신비적이며 신화적인 이야기들이 많이 있을 것이다. 그러나 정작 본인이 깨달아 보기 전에는 깨달음의 경계가 어떠한지 알지 못한다.

본성에 계합되는 체험을 한 뒤에는 머리로 이해할 수 있는 '깨달음'이라고 부를 만한 무엇인가가 없다는 사실을 알게 된다. 다만 이제까지는 쓸데없는 생각들로 있지도 않은 문제들을 만들고, 또 그것들에 사로잡혀 괴로워해 왔다는 것을 깨치고 거기서 해방된다.

깨닫기 전이나 깨달은 후의 그대는 똑같은 사람이지만, '아무개라는 이름을 가진 몸과 마음을 가진 개인'이라고 하는, 스스로를 정의하고 규정하는 틀이 사라진다. 이와 함께 '나'를 주체로 삼아서 세계를 대상으로 파악하는 이분법적인 구분이 점점 옅어진다. 의식하는 주체와 의식되는 대상의 경계가 사라지면 하나의 의식만이 모든 것이 된다.

이 '하나'가 모든 것이며 전체이지만, 그것은 근원적인 주체이기 때문에 '나'라고 부를 수 있다. 그러므로 '나'는 한 사람의 개인에서 존재하는 모든 것으로 그 범위가 확장된다.

이 하나를 가리켜 마음이라고 하기도 하고, 본래면목, 본성, 자성,

진여, 참나, 불성, 도(道), 법(法), 진리, 브라만, 순수의식, 그리스도 의식, 하나님 등등 수많은 이름으로 부르지만, 실제로는 이름도 없고 무어라 정의할 수도 없으며, 있는 것도 아니고 없는 것도 아니다. 그러면서도 존재하는 모든 것이 이 하나에서 나오고 이 하나로 돌아간다. 그렇기 때문에 실재하는 것은 이 하나뿐이다.

깨달음은 이 하나를 깨치는 것이며, 그것에 대한 자각 속에서 살아가는 것이다. 그러나 그대가 깨달았다고 해서 세속에서의 삶의 조건이 달라지는 것은 아무것도 없다. 여전히 배고프면 밥을 먹어야 하고, 목마르면 물을 마셔야 하며, 졸리면 잠을 자야만 한다. 병이 들면 앓아누워야 하고 자동차에 치이면 고통을 느낀다.

그렇지만 달라지는 것이 있다.

깨닫기 전에는 나와 너, 세상이 따로 있고 안과 밖, 위와 아래, 과거와 미래, 온 삼라만상이 따로 떨어져서 존재하지만, 깨달은 뒤에는 이같은 구분이 사라진다. 여전히 존재하는 모든 것을 구분하려면 일일이 분별할 수 있지만, 그와 같은 분별이 실재하지 않음을 안다. 마음대로 생각과 말을 해도 그것이 자취를 남기지 않기 때문에 걸림이 없어진다. 말을 해도 말이 없고, 생각을 해도 생각이 없다.

이와 함께 내면에는 언제나 고요함과 평온함이 자리 잡는다. 끊임없이 이어지던 내면의 '이야기'와 '주절거림'은 멈추고 고요한 정적과 침묵이 내려앉는다. 설렘과 들뜸, 분노도 점차 가라앉으며, 주변에서 일어나는 좋은 일과 궂은 일 등 환경의 변화에도 동요함이 없이 언제나 한결같음을 지속할 수 있게 된다.

이 같은 진행 과정을 통해 확인하게 되는 것은 존재하는 모든 차이와 차별은 생각과 그것이 빚어내는 개념으로 말미암는다는 것이며, 스스로가 분별에 의한 차이를 만들어내고 그것이 실재하는 것으로 믿기 때문에 그것에 속아 왔다는 사실이다. 다시 말해, 망상이 분별을 만들고, 분별이 번뇌를 낳고, 번뇌가 고통을 일으키고 있음을 자각하게 되는 것이다.

그러므로 깨달음은 수행을 통해 얻는 특별한 경지가 아니다. 다만 망상을 그침으로써 되찾게 되는 그대의 본래 모습일 뿐이다. 그러나 이것은 머리로 이해할 수 있는 것이 아니다. 설령 머리로 깨달음을 이해한다고 하더라도 그것은 그대에게 아무런 변화도 가져다주지 못하기 때문이다.

반드시 생각이 끊어지면서 그대가 스스로를 제한해 왔던 좁은 '틀'이 부서지는 체험을 통해서만 분별하는 망상이 쉬어지고 그로 인한 번뇌에서 해방될 수가 있다.

깨달음을 스스로 점검하는 기준

자신이 제대로 견성했음을 스스로 점검하는 기준은 없을까?

명상 중에 신비한 색깔을 보고 신비한 소리를 들었다거나, 또는 관세음보살이나 석가모니 부처, 또는 예수를 보았다면서 이것이 견성 체험이 아닌가 하고 묻는 사람들이 있다.

분명히 말하지만 대상이나 경계를 보는 것은 깨달음과는 아무런 관계가 없다. 개인마다 체험의 형태는 다양하지만, 제대로 된 견성 체험은 오히려 눈에 보이고 귀에 들리는 모든 대상들이 사라진다. 그리고 언제나 있어 온 또랑또랑하면서도 맑은 각성과 마주치게 된다.

그 순간 "아, 이것이 그동안 애타게 찾아온 바로 그것이구나! 그런데 새로운 것이 아니라 언제나 있어 온 것이 아닌가?" 하는 자각이 있다. 그러면서 모든 의심이 눈 녹듯 사라진다.

제대로 본성에 계합했다면, 자연스럽게 존재의 질적인 변화가 있음을 스스로 감지할 수 있어야만 한다. 불교에서는 견성 이후의 변화로 '상락아정(常樂我淨)'을 든다.

상(常)은 생각이나 감정, 그리고 다섯 가지 감각처럼 생겨났다가 사라지는 것이 아니라 항상 지속되는 상태를 말한다. 낙(樂)은 아무런 조건 없이 존재 그 자체만으로도 평안함을 가리킨다. 아(我)는 '나'라는 생각이 아닌 순수한 알아차림 자체를 뜻한다. 정(淨)은 생각이 일으키는 번뇌에 물들지 않는 고요함이다.

실제로 자신에게서 이 같은 변화를 느낄 수 없다면, 깨달았다고 착각하고 있는 것이다.

그리고 깨달음은 자연스러운 지혜의 발현을 덤으로 가져다준다. 마치 흐트러진 퍼즐 조각들이 자동적으로 맞춰지는 것처럼 존재의 실상에 대한 그동안의 풀리지 않던 의문들이 하나로 초점이 맞춰지면서 자연스럽게 이해된다. 전에는 무슨 말인지 도통 감이 잡히지 않던 경전들이나 영성 서적 속의 글들이 마치 자신의 이야기를 하고 있는 듯 실감나게 다가온다.

모든 것이 스스로 명백하다.

깨달음도 버려라

인간사의 모든 문제의 근원은 스스로 한정하는 뜻과 개념들을 만들고 그것들로 스스로를 묶어서 구속되는 데 있다. 그러면서도 어리석음 때문에 이 사실을 알지 못한 채 고통 받는다.

그대는 바깥에서 해방과 자유의 출구를 찾아서 헤매지만 출발부터가 그릇된 앎에서 비롯되었기 때문에 결코 목적지에 도달할 수가 없다. 다만 그릇된 앎을 시정하기만 하면 출발지가 바로 목적지임을 알게 된다.

그러나 비록 시절인연을 만나서 실상의 참모습을 일별하게 되더라도 "나는 깨달았다."는 생각을 갖는다면, 그대는 결코 자유로울 수가 없다. "나는 깨닫지 못했다."는 생각이 그대를 옭아매듯이 "나는 깨달았다."는 생각 또한 그대를 묶는 올가미에 다름 아니기 때문이다.

진실은 '나'도 없으며, 깨달을 '내'가 없기 때문에 깨달음 또한 없다. 모든 것이 이미 깨달아 있기 때문에 특별히 '깨달음'이라고 이름붙일 것도 없다.

그대는 활발하고 푸릇푸릇하게 살아 있는 생명의 지혜 작용이며, 존재하는 모든 것 또한 그러하기 때문이다.

깨달음은 종착역이 아니다

깨달음은 모든 것이 끝나는 종착역이 아니다.
그것은 새로운 시작이다.

그대는 긴 꿈을 꾸다가 어느 날 갑자기 깨어나게 된다.
꿈에서는 깨어났으나 꿈의 기억과 느낌, 잔영이 너무나 뚜렷이 남아 있다. 그래서 그대는 아직 얼떨떨할 뿐만 아니라 무엇이 실재이고 무엇이 꿈인지 헷갈리면서 잘 분간이 가지 않을 수가 있다. 본래의 자기 집으로 돌아왔지만, 그 집이 아직은 낯설고 익숙하지 않기 때문이다.

깨달음 이후의 공부는 그래서 필요하다.
만일 그대가 이 시기에 망상에 사로잡히던 옛 버릇을 완전히 끊어 버리지 못한다면, 그대가 비록 성품을 보았다고 할지라도 이번에는 깨달음이라는 망상에 사로잡힐 수 있다. 그대가 아상을, 에고의 희미한 그림자를 완전히 떨쳐 버리지 못한다면 "나는 깨달았다!"는 망상에 붙들리게 된다.

깨달음은 내가 본래 없다는 사실을 온몸으로 확인하는 것에 불과하다. 그런데 '나는 깨달았다'는 명제가 어떻게 성립될 수 있겠는가?

진실은, '깨달은 나'든 '깨닫지 못한 나'든 '나'가 사라지는 것이 깨달음이다.

깨달음의 망상에 사로잡히면 그대의 에고는 비록 희미해져 보일 듯 말 듯 하지만 대단히 미묘한 모습으로 탈바꿈하여 영적인 에고가 된다. 그리하여 영적인 에고는 재림 예수니 미륵불이니, 그도 아니면 상제니 하면서 스스로를 포장하여 세상을 기만하고, 그렇지 않아도 어둠 속을 헤매고 있는 뭇 중생들을 현혹하게 된다.

실상의 자리는 그 어떠한 이름이나 꼬리표도 붙을 자리가 없다.
예수도, 미륵도, 상제도 모두가 이름뿐인 빈 말에 지나지 않는다.

본성에 완전히 계합하지 못하고 조금이라도 틈이 생기면, 그 틈으로 다시 에고는 그림자를 드리우게 된다. 깨달음 이후의 공부란 이 틈을 메워서 에고가 다시는 주인 노릇을 하지 못하도록 하는 것이다.

그렇다고 해서 무슨 대단한 수행이 필요한 것도 아니다. 다만 망념만 부리지 않고 그런대로 세월을 보내다 보면 자연스럽게 그림자는 사라진다.

깨달음 이후의 공부

공부가 무르익다 보면 어느 순간 예기치 않게 자성(自性)을 보게 된다. 늘 있어 온 그것이지만 그동안 자각하지 못하고 살아온 본성을 체험하게 되면, 마음공부는 가장 큰 난관을 극복하고 새로운 전환점을 맞게 된다.

모든 것이 새롭다. 눈에 보이는 사물들은 맑고 투명하게 빛을 내며 새로운 아름다움과 황홀함으로 다가온다. 세상은 그대로이나 내면은 언제나 고요하고 맑고 투명하게 지속되며, 안과 밖의 구분이 사라지면서 모든 것들이 하모니 속에 있다.

예전처럼 모든 일들이 일어나고 있지만 마치 아무 일도 없는 것처럼 느껴진다. 그렇다고 해서 이러한 모든 변화가 생각이나 느낌처럼 잠시 나타났다가 사라지는 것은 아니다. 언제나 있어 왔으며 상존하는 실재임이 뚜렷하게 자각된다.

견성 체험 이후의 변화는 너무나 지배적이어서 일상생활 자체에는 그다지 흥미를 느끼지 못하게 된다. 그래서 많은 경우 그만 여기서 안주하고 말 가능성도 언제나 열려 있다. 개인 차원의 번뇌에서는 해방되기 때문이다.

그러나 아직 가야 할 길은 남아 있다. 개인의 차원에서는 열반적정에 들었다 하더라도, 거미줄처럼 짜인 '관계'의 그물망을 도외시할 수 없기 때문이다. 비록 깨달았다고 하더라도 여전히 세상 속의 한 개인으로 타인과 관계를 맺으며 살아가지 않으면 안 되기 때문이다.

하나 예전에는 아무개라는 개인 중심으로, 에고 지향적으로 살아왔다면 견성 이후에는 새롭게 발견한 참나(眞如)의 차원에서 스스로를 완성시켜 나가야만 한다. 이것이 구도자가 깨달음 이후에 걸어야만 할 길이다.

드문 경우이지만 개중에는 비록 견성을 했지만 아직 예전의 에고적 습성들이 채 사라지지 않은 상태에서 깨달음을 대단한 성취인 양 착각하는 사람도 있다. 그는 상식에 어긋나는 행동을 하면서 이를 '견성한 자의 기행'쯤으로 오히려 당연하다는 듯이 과시하기도 한다. 이 또한 견성 이후에도 나름대로 공부가 필요하다는 반증이기도 하다.

깨달음은 내면적인 인성의 완성이지만, 깨달음 이후에는 여기에 더하여 외면적으로 드러내는 행위를 완성해야 할 필요가 있다는 것이다.

불교에서는 개인 차원의 해탈에 안주하는 것은 소승(小乘)이며, 깨달음을 바깥으로 확산시켜 세상을 이롭게 하고 보다 많은 사람을 해탈로 인도하는 구도의 길을 대승(大乘)으로 정의한다.

대승불교가 제시하는 깨달음 이후의 구체적인 수행 방편이 보시,

지계, 인욕, 정진, 선정, 지혜의 여섯 바라밀이다. 그러나 육바라밀은 참나의 자연스러운 외부적인 확산이지 의식적인 유위의 수행법은 아니다.

깨달음이 나 혼자의 해탈에 그친다면 그것은 반쪽짜리에 불과하다. 고통 속에 있는 모든 중생들을 가없는 열반의 세계로 인도하겠다는 서원을 세운 뒤 그것을 실천에 옮길 때 깨달음은 비로소 완성된다.

꿈의 바깥에서 꿈을 바라보라

그대는 언젠가 한 번은 이와 비슷한 꿈을 꾼 적이 있을 것이다.

정체를 알 수 없는 괴수가 뒤에서 쫓아오고 있다. 꿈속의 '나'는 잡히지 않기 위해 안간힘을 다하여 달아나려 하고 있다. 그런데 어떻게 된 일인지 발걸음이 떨어지지 않는다. 아무리 달아나려고 용을 쓰고 발버둥을 쳐 봐도 소용이 없다. 괴수의 발걸음 소리는 점점 가깝게 다가온다. 등에는 식은땀이 나고 목구멍으로는 비명이 새어 나온다. 그렇게 발버둥 치다가 괴수가 막 덮치려는 순간 꿈에서 깨어난다.

그 순간 괴수도 사라지고 꿈도 사라진다. 그리고 악착같이 달아나려고 했던 꿈속의 '나'도 사라진다. 그때 비로소 꿈속에서 도망치던 '나'가 실재가 아니었음을 알게 된다.

꿈속에서는 반드시 '나'라고 여겨지는 꿈의 주인공이 등장한다. 그 주인공이 없다면 꿈은 꾸어지지가 않는다. 꿈은 '나'와 '대상경계'라는 의식의 가상적 분리 속에서만 작용하기 때문이다.

그것은 생시(生時)라고 알고 있는 깨어 있는 상태에서도 마찬가지이다. 생시에 '나'라고 알고 있는 주인공도 꿈속의 '나'와 하나도 다름이 없다. 그것은 의식이 만들어낸 창조물이며, 따라서 실체가 아닌 허상이다.

생시에 알고 있는 '나'가 허상이라면 이른바 '인생'이라는 것도 꿈과 무엇이 다르겠는가? 꿈이 단막극에 불과하다면, 인생이라는 것은 단지 조금 길게 이어지는 연속극 정도가 아니겠는가?

만약 꿈속의 '나'가 허상인 줄 알고 있다면 어떤 악몽을 꾸더라도 조금도 두렵지 않을 것이다. 그대는 꿈속의 주인공과 동화되어 있지 않고 꿈의 바깥에서 꿈을 바라보고 있기 때문이다.

마찬가지로 생시의 '나'가 허상인 줄 알고 있다면 그대에게 어떤 고난이 닥치더라도 조금도 두렵지 않을 것이다. 그대는 세상 바깥에서 세상을 바라보고 있기 때문이다.

꿈에서 깨어나더라도 생시라는 또 다른 꿈이 계속된다. 본성을 깨치더라도 세상의 나타남이라는, 생시라는 꿈은 계속된다. 그러나 꿈속 주인공과의 동일시가 사라지기 때문에 살아가면서도 불안과 두려움은 자취를 감춘다.

그러나 왜 이런 꿈을 꾸게 되냐고 묻지는 말라.
의식의 속성이 그러하기 때문이다.
다만 의식이 저 혼자서 이렇게 놀고 있다.

낙원으로의 귀환

몇 억 년에 걸쳐 지구상에서 생명이 진화해 오는 동안, 유독 왜 인간에게만 에고(ego)라는 독특한 의식 현상이 발현되었을까? 그리고 인간은 어떻게 에고를 넘어서 진화의 사이클을 완성하게 될까?

지구상에 어떻게 생명이 출현했는지에 대해서는 과학자들 사이에서 의견이 분분하다. 생명이 외계에서 왔다는 설과 산소, 수소, 질소, 인 등의 원소들이 원시 자연 상태에서 번개와 같은 전기 자극을 받아 아미노산(단백질의 일종)이 생성되면서 자연적으로 생명이 출현했다는 학설이 대표적이다.

어떻게 발생했든, 생명체가 갖는 특질로는 의식이 있고 독립적으로 에너지 대사 작용을 하며 같은 종을 복제할 수 있는 기능이 있다는 것이다. 그러나 20세기에 들어 양자역학의 눈부신 발전으로 말미암아 과학자들은 물질의 최소 단위인 전자와 같은 소립자에도 의식이 있다는 사실을 밝혀냈다.

따라서 생명체뿐만 아니라 무생물에도 의식이 있으며, 어디가 되었든지 조건만 충족되면 생명은 발현하므로 이 우주에서 의식이 존재하지 않는 곳은 없다는 사실은 명백하다.

그러나 스스로의 존재성을 인식할 수 있는 의식의 특성은 생명체에서 특징적으로 찾아볼 수 있다. 생명은 단세포 생물에서 다세포 생물로, 다시 식물로, 식물에서 다시 동물로 진화해 왔다. 그 중에서도 동물의 한 종(種)으로서의 호모사피엔스(인류)는 현재 진화의 정점에 서 있다.

생명체는 그것을 구성하는 각 세포의 핵 속에 간직한 DNA 정보를 짝짓기와 수정을 통해 통합하고 또 그것들의 변이를 통해 후세의 다양성을 창조해 낸다. 이 같은 다양성의 창조는 생명체가 주변 환경과 상호 작용하는 가운데 적자 생존율을 높여 종의 연속성을 보존하기 위한 수단이기도 하다. 생명의 진화는 이 같은 방향으로 진행되고 있다.

지구상에는 수백만 종의 생물이 있었으며 지금까지 여섯 번의 대멸종을 통해 나타남과 사라짐을 반복해 왔다. 그리고 현재도 수백만의 종들이 있으며, 멸종하는 종들이 있는가 하면 새로운 종들의 출현이 계속되고 있다. 새로운 종들의 출현과 기존 종들의 멸종은 끊임없이 반복되지만 생명 그 자체의 연속성은 중단되지 않으리라는 것은 명백하다. 따라서 만약 이 지구상에서 인류가 멸종된다 하더라도 아무 일 없이 생명 현상은 계속될 것이다.

만약 생명을 생명답게 하는 유일하고 가장 두드러진 특성이 무엇이냐고 묻는다면 어떻게 대답할 것인가? 생명을 생명답게 하는 가장 본질적인 특성은 의식이다. 왜냐하면 생명이 스스로의 존재성을 인식할 수 있는 것은 의식을 통해서이기 때문이다. 의식이 없는 생명은 상상

조차 할 수도 없다.

모든 강물과 바닷물의 공통분모가 물이듯이 지구상에 있는 수백만 종의 생물의 공통분모는 의식이다. 따라서 모든 생명 현상의 주체는 의식이라는 사실은 누구도 부인할 수 없을 것이다. 그러나 의식은 일정한 물질적 조건이 충족되었을 때만 생명과 함께 발현되고, 그 조건들이 와해되면 죽음과 함께 미발현의 상태로 전환된다. 그러므로 생명 현상의 신비를 밝히기 위해서는 DNA의 분석을 통해서보다는 의식 자체의 본질을 밝히는 것이 올바른 지름길일 것이다.

그런데 의식이 의식을 어떻게 알 수 있을까? 눈이 눈을 어떻게 볼 수 있을까? 이 질문은 생명의 신비를 풀기 위해 현대 과학이 기울이고 있는 노력들이 왜 잘못된 것인가를 이해할 수 있는 실마리를 제공해 준다. 과학은 의식 자체의 본질을 알려고 하기보다는 생명 현상에 수반되는 물질적 조건들을 규명함으로써 생명의 본질을 알 수 있다고 착각하고 있다. 그러나 의식 자체를 규명하기 전에는 결코 생명의 본질을 알 수가 없다. 의식이 생명 현상의 핵심이기 때문이다.

과학의 방법론은 우선 먼저 가설을 설정하고 실험에 의해 그것을 검증해서 그 타당성을 확인하는 순서로 진행된다. 다시 말해, 과학의 방법론은 의식의 대상을 탐구 영역으로 삼지 의식 그 자체를 알려고 하지는 않는다. 왜냐하면 과학의 방법론 자체가 개념화와 대상화에 의존하기 때문이다. 이는 마치 눈에 보이는 대상을 통해 눈을 보려고 하는 것과 같다.

이 같은 과학적 방법론은 주체와 객체의 이분화를 통해 대상을 인지하는 인간 의식의 특성에서 비롯되는데, 이 특성이 의식상에 에고를 형성되게 하는 원인이기도 하다.

대상화되기 이전의 순수의식은 본질상 주체와 객체가 나뉘지 않는 '전체성'이다. 그러나 순수의식의 상태에서는 전체가 '하나'이기 때문에 스스로의 존재성을 인식하지 못한다. 순수의식은 자신을 의식하기 위해 스스로를 주관과 객관으로 나누어 대상화한다.

이것이 꿈속에 '나'로 인식되는 인물이 반드시 등장해야만 하는 이유이기도 하다. 즉, 꿈꾸는 자인 순수의식은 원래 한바탕으로 전체이나, 꿈속의 세상을 투사해 대상화하는 과정에서 주체와 객체의 분리가 필요하기 때문에 '나'라고 하는 가상의 주체가 등장하는 것이다.

이 같은 의식의 투사와 대상화의 메커니즘은 우리가 생시라고 부르는 현실에서도 꿈속과 같이 그대로 지속이 되는데, 여기서 나타나는 가상의 주체가 바로 에고이다. 의식 자체는 결코 드러나지도 않고 대상화되지도 않기 때문에 눈으로 확인할 수 있는 몸과 의식에 나타나는 생각들을 결합해 '나'라고 하는 가상의 주체를 무의식적으로 세우는 것이다.

지구상에서 인간은 모든 생물종 가운데 진화의 정점에 서 있다. 인간이 진화의 정점에 서 있다는 것은 비단 인간이 도구와 언어를 사용할 수 있기 때문만이 아니다. 도구와 언어는 침팬지와 같은 유인원이나 까마귀도 사용하고 있기 때문이다. 그보다 인간을 다른 동물들과 구분 짓는 본질적인 특성은 개념화하고 대상화할 수 있는 의식의 능력이다. 이 능력은 인류에게 문명의 발전이라는 선물을 선사했으나, 한편으로는 이에 대한 반작용으로 인류를 에고라는 유령에 사로잡히게 만들었다.

지구상의 어떤 동물도 에고 때문에 고통 받지 않는다. 오직 인간만이 에고 때문에 고통 받는다. 만일 이 지구상에서 인류가 멸종하게 된다면 그 원인은 분명 에고 때문일 것이다.

그러므로 깨달음은 에고가 환영이라는 것, 착시 현상에 불과하다는 사실을 깨치는 것일 뿐이다. 개체로서의 '나', 개인으로서의 '나'는 환상이다. 모든 생명은 그 근원에서 하나의 의식이라는 통찰만이 인류를 파멸에서 구원할 수 있다.

원래부터 분리는 없었다. 하나의 의식만이 온전할 뿐인데 그대는 개체로서의 '나'라는 꿈을 꾸고 있을 뿐이다. 분리된 적이 없는데, 태어나고 죽는다는 것은 어디에 있는가?

그리고 그대가 꿈에서 깨어나는 날, 그대는 의식 진화의 사이클을 완성하게 된다. 구약성서에 나오는 우화에 비유하자면, 에고가 생겨나기 전에 그대는 에덴동산에 살고 있었다. 에고가 나타남과 동시에 그대는 낙원에서 추방되었으며, 에고의 망령에서 깨어나는 것과 동시에 그대는 다시 낙원으로 되돌아가게 된다.

날마다 좋은 날

깨달음이 먹고사는 문제를 해결해 주지는 않는다.

사람들은 깨닫기만 하면 삶의 모든 문제가 해결되리라고 생각한다. 물론 깨달은 이후에는 번뇌가 사라지므로 근심할 일은 없어진다. 왜 근심이 없어지냐고 묻지는 말라. 그냥 자연스럽게 근심이 없어진다. 근심 없음이 깨달음의 오묘한 작용이다.

그러나 비록 깨달았다고 하더라도 먹고사는 문제는 스스로 해결해야만 한다. 여전히 숨을 쉬어야 하고, 배고프면 먹어야 하고, 졸리면 자야만 하기 때문이다. 육체가 유지될 수 있는 최소한의 조건들을 제공해 주지 못한다면 생명은 더 이상 지속될 수 없다. 생명이 지탱되지 못하면 '내가 존재한다'는 이 의식마저도 유지될 수가 없다.

2,600년 전 고타마 붓다도 견성한 이후 아마도 어떻게 먹고 살 것인가에 대해 진지하게 생각했을 것이다. 그는 이미 아버지 왕국의 왕위 계승자로 다시 돌아갈 수는 없었으며, 구도 행각을 위해 수년 동안을 유리걸식하며 산하를 떠돌았으니 새삼스럽게 먹고살기 위해 생업에 종사할 수도 없었을 것이다. 그래서 택한 길이 탁발이었다.

깨달음과 세속의 삶이 따로 있는 것이 아니다. 세속의 삶 그대로가

186

깨달음이다. 그래서 세속의 삶에 더 이상 얽매이지는 않지만 세속의 일상적 삶은 세속의 방식대로 해결해 나가야만 한다. 따라서 비록 깨달았다고 하더라도 먹고사는 문제는 스스로 해결하지 않으면 안 되는 것이다.

그래서 예수는 아버지의 직업인 목수 일을 계속했으며, 까비르는 깨달은 후에도 베 짜던 일을 계속했던 것이다. 그러나 일단 깨닫게 되면 어떻게 삶이 진행되더라도, 비록 먹고사는 일이 여의치 않더라도 더 이상 그것이 문제가 되지는 않는다.

바람이 불면 부는 그대로, 비가 오면 오는 그대로 날마다 좋은 날이다.

너와 나

그대가 자신이 진정 무엇인지 알게 되면 누구와 함께 살아도 아무 상관이 없게 된다. 그대는 자신 속에서 모든 생명의 동일한 본질을 보게 되기 때문이다.

그러므로 그대가 알 수 있는 사람은 오직 한 사람뿐이다.
그 사람은 바로 그대 자신이다.

그대는 다른 사람을 이해한다고 생각하지만 그것은 다만 그대의 생각일 뿐이다. 그대의 이해가 곧 오해로 밝혀지는 것은 다만 시간이 조금 걸릴 뿐이다.

자신을 알기 전에는 타인을 결코 알 수가 없다.
따라서 타인을 이해하려고 노력하지 말라.
자신이 무엇인지를 알려고 노력하라.

자신을 알게 되면 그대는 어느 누구와 함께 살아도 행복하게 살 수 있을 것이다.

눈 속의 눈

당나라 때 도일(훗날 마조 선사)이 남악에서 수행하고 있었다.
그는 종일 절 주변의 바위 위에서 좌선하고 경전을 읽곤 하였다.

그때 반야사에서 주석하던 회양이 이 광경을 보고 그에게 말했다.
"그대는 종일 여기 앉아서 무얼 하는가?"

도일이 말했다.
"부처가 되려고 합니다."

그러자 회양이 이끼 낀 벽돌 하나를 들고 와서는 좌선하는 도일의
옆에 앉아 바위에 갈기 시작했다.

도일이 물었다.
"도대체 벽돌을 왜 가십니까?"
"거울을 만들려고 하네."

도일이 말했다.
"벽돌을 갈아서 어떻게 거울을 만들 수 있다는 것입니까?"
"벽돌을 갈아서 거울을 만들 수 없는데, 좌선을 해서 어떻게 부처
가 된다는 말인가?"

도일이 물었다.

"그러면 어찌해야 합니까?"

"소가 달구지를 끌고 가는데, 만일 달구지가 움직이지 않는다면 소에게 채찍질을 해야 하겠는가, 아니면 달구지에 채찍질을 해야만 하겠는가?"

도일이 대답이 없자 회양은 다시 말했다.

"선(禪)이란 결코 앉아 있는 것이 아니며, 부처는 원래 정해진 형상이 없다네. 그대가 앉음새에 집착하게 되면 그것은 곧 부처를 죽이는 것이며 정작 깊은 이치에 이를 수가 없네."

도일이 물었다.

"도(道)는 원래 형상이 없다는데, 어떻게 제가 그것을 볼 수 있겠습니까?"

"눈 속의 눈(心地法眼)으로 보게 되지. 무상삼매도 마찬가지네."

"그것도 이루어졌다 부서지는 것은 아닙니까?"

"변화의 개념으로 도(道)를 보려 한다면, 도는 결코 보이지 않네."

어리석은 자는 도를 갈고 닦아서 이루려 한다. 그래서 오랫동안 눕지도 않고 앉아서 공연히 애꿎은 몸을 수고롭게 하고 숱한 세월을 허송세월하면서 그것을 수행의 첩경으로 여긴다.

비유컨대 이는 벽돌을 갈아서 거울을 만들려는 것과 같다. 망상 병을 고치는 데 쓸데없이 몸을 가지고 씨름해 봐야 무엇 하겠는가? 망상 병은 몸의 병이 아니라 마음의 병이기 때문이다.

부처는, 마음자리는 본래 완전하고 형상 없는 거울과 같아서 애써 닦을 필요가 없다. 다만 망상만 쉬면 그것이 곧 부처이다.

  그러면 형상 없는 부처를 어떻게 볼 것인가?
  눈 속의 눈으로 본다.
  보이는 것을 좇아가지 않고 되돌려, 보는 그것을 본다.

돈오돈수냐, 돈오점수냐

깨달음과 닦음을 두고 세간에는 돈오돈수(頓悟頓修)가 옳은 것이냐, 아니면 돈오점수(頓悟漸修)가 맞는 것이냐 하는 논쟁이 있어 왔다. 그러나 이 논쟁은 무엇을 닦을 것인가에 대한 맥락을 도외시한 것으로 사실은 논쟁거리도 되지 못한다.

깨달음은 언제나 갑작스럽게 단박에 일어나지 점진적으로 일어나지는 않는다. 이것은 물이 100℃에서 비로소 끓기 시작하는 것과 같다. 비록 물이 서서히 온도가 가열되는 점진적인 과정이 있었더라도 액체에서 기체로 변하는 질적인 변화는 언제나 비등점인 100℃에서 일어나는 것과도 같다.

깨달음은 의식의 질적인 변화인데, 이 같은 질적 변화는 물이 끓기 시작하는 것처럼 언제나 갑작스럽게 일어난다. 그래서 돈오(頓悟)라고 일컫는다. 문제는 깨달음 이후에 점진적인 닦음이 필요한가, 아니면 깨달음으로 모든 닦음이 종결되는가 하는 것이다.

참나 깨달음은 언제나 갑작스럽게 일어나지만, 참나 자리는 본래 완전하고 청정하여서 더 이상 닦을 것도, 닦음도 필요치 않다. 그래서 돈오돈수가 맞다.

그러나 비록 깨달았다고 하더라도 에고적 습성은 단박에 사라지는 것이 아니다. 이것은 자동차를 몰다가 갑자기 브레이크를 밟더라도 곧바로 멈추지 않는 것과도 같다. 사물에만 관성이 존재하는 것이 아니라 마음에도 관성이 있다.

육신과 마음, 즉 생각과 느낌과 감각들이 있는 한, 에고는 하나의 캐릭터로서 나름대로의 역할이 있고, 또 이 역할을 담당해야만 사람은 현상계에서 삶을 영위할 수가 있다.

따라서 깨달음 이후에도 에고적 성향을 참나와 부합하게끔 닦아 가야만 한다. 그래서 돈오 이후에 점수가 필요한 것이다.

참나는 완전하고 깨끗하여서 닦을 필요가 없지만, 에고적 성향은 그것이 더 이상 고개를 들지 못할 때까지 닦아 가야만 하는 것이다.

돈오돈수도 맞고 돈오점수도 옳다. 그러니 어느 것이 옳은 것이냐 하는 논쟁은 필요하지도 않고 본질에서 어긋난 것이다.

둘로 나누지 말라

"나를 격려하고 나를 사랑하세요."
아침 신문을 보니 책 광고의 문구가 눈에 들어온다.

그대는 흔히 생각한다. 사랑하는 나와 사랑받는 나가 따로 있다고.
사랑하는 나는 누구이며, 사랑받는 나는 누구인가?
누가 누구를 격려한다는 말인가?

그 놈이 그 놈 아닌가?

단지 생각 속에서 격려하는 나와 격려 받는 나,
사랑하는 나와 사랑받는 나로 나누어
원맨쇼를 벌이고 있는 것이 아닌가?

둘로 나누지 말라. 그대는 온전한 의식일 뿐이다.
생각 속에서만 그대는 사랑하는 자와 사랑받는 자로 나뉠 수 있다.
생각을 떠나면 그대는 둘로 나뉠 수가 없다.

둘로 나누는 것은 모두가 마음의 장난이다.
둘로 나누는 것이 마음의 상처요, 병이다.

둘로 나누지 말라. 그러면 마음을 치유할 필요도 없어진다.
온전한 의식은 결코 상처받지 않는 실재이기 때문이다.

그대가 격려하고 사랑할 '나'가 따로 있다고 생각하는 동안은
마음은 존재한다. 그러나 그대가 '격려하고 사랑하는 나'와
'격려 받고 사랑받아야 할 나'를 나누지 않는다면
마음은 존재하지 않는다.

그대의 참 마음은, 본래면목은 둘로 나눠지지 않는다.
원래부터 언제나 청정무구해서 절대로 상처받지 않는다.
따라서 치유할 필요도 없다.
병이 없는데 무슨 약이 필요한가?

모든 것은 지나간다

경험하는 모든 것은 머물지 않고 지나간다.
아무리 멋진 풍경을 보더라도 그때 잠시뿐이다.
아무리 아름다운 음악을 듣더라도
그것은 머물지 않고 스쳐 지나간다.
아무리 맛있는 음식을 먹더라도
몇 시간 지나면 다시 배가 고파진다.

아름다움과 추함, 좋음과 싫음, 쾌락과 고통,
밝음과 어두움, 나와 남…….
대립되는 이 모든 것들이 실체가 없다.
모든 것이 비어 있다.

경험하는 대상만 비어 있는 것이 아니다.
경험하는 '사람'도 없다.

여기에는 아무도 없다.
좋은 사람도 나쁜 사람도, 아름다운 사람도 추한 사람도,
남자도 여자도 없다.
젊거나 늙었다고 일컬을 수 있는 사람이 없다.

태어난 사람도 죽을 사람도 없다.

그래서 그 무엇도 '나'가 아니며, '나의 것'이 아니다.

그대가 알아야 할 진실은 이것뿐이다.

이 진실을 알게 되면 아무런 괴로움도 문제도 없게 된다.

무상의 참뜻

무상(無常)은 모습을 지닌 어떤 것도 영속하는 것이 없다는 말이다. 모습을 지닌 모든 것은 생겨나서는 끊임없이 변화하고 쇠락하여 마침내 소멸의 길을 걷는다.

꽃은 피었다가 채 며칠이 안 가서 시든다. 아기는 태어나서 소녀로 성장해서 여인으로 살다가 늙어서 죽어간다. 다만 얼마간 지속의 길고 짧음의 차이만 있다.

무상은 비단 형태를 지닌 생명체에게만 한정된 것은 아니다. 국가나 종족, 문명, 회사 등 무형의 대상 또한 모두 생겨나서 머물다가 옮겨가서 사라지는 과정을 밟는다.

모든 것은 변화의 도중에 있기 때문에 고정적이고 불변하는 실체가 없다. 다만 이름만 있고 실체가 없기 때문에 환영과도 같다.

그러나 무상의 참뜻은 존재의 속절없음과 허무함을 일러 주는 데 있지 않다. 무상은 그대가 실체로 알고 집착하고 있는 대상의 실상을 똑바로 보라는 가르침이다.

무상하지 않은 것, 생겨나지도 소멸되지도 않는 '존재의 근원'을 보라는 말이다. 존재의 실상을 바로 보게 되면 소멸의 허무함과 두려움에서 벗어나게 되며, 그대의 진정한 정체성인 불생불멸하는 존재의 근원을 깨닫게 된다.

존재의 근원은 모든 무상한 것들을 나타나게 하는 바탕이다.
그것은 생겨나지도 않고, 오지도 가지도 않는다.
언제나 그대로이다.

그렇다고 해서 그 근원이 무상한 것들과 따로 있는 것은 아니다.
생로병사, 생겨나서 머물다가 옮겨가서 사라지는 가운데 있다.

그대가 존재의 근원이다.
그대는 현상적으로는 생로병사하지만,
그대의 참된 정체성은 불생불멸한다.

따라서 무상은 존재의 허무함을 가리키는 것이 아니다.
그대의 불멸성을 역설적으로 일러 주는 가르침이다.

무소유

소유하지 않는다는 것은 무엇을 말하는가?
소유하지 않는다는 것이 무엇인지 알기 위해서는 우선 소유가 무엇
인지를 알아야만 할 것이다.

그대는 무엇을 소유하고 있는가?
그대는 무엇을 진정으로 소유할 수 있는가?

소유한다는 것은 '나의 것'이 있다는 말이다.
그런데 '나'라는 것은 따지고 보면 '나라는 생각'에 지나지 않는다.
'나'가 생각이라면 '나의 것' 또한 생각에 지나지 않는다.
생각이 없다면 그대는 과연 무엇을 소유할 수 있는가?

어느 재벌 회장이 어젯밤 거지가 되어 길거리에서 노숙하는 꿈을
꾸었다. 그는 재벌인가, 아니면 거지인가? 그는 진정 무엇을 소유하
고 있는가?

그대는 근원적으로 아무것도 소유할 수 없음을 다행스럽게 여겨라.
더 잃을 것이 없다는 것은 얼마나 행복한 일인가?
그대가 아무것도 가질 수 없다는 것을 깨친다면
역설적으로 어느 것도 그대 아닌 것이 없다는 진실을 알게 된다.

무심이 무아이다

무심(無心)이라고 말할 때, 마음(心)이라는 것은 구체적으로 '생각'을 가리킨다. 따라서 무심은 좀 더 엄밀하게는 '생각이 없음'을 말한다.

생각이 '나'라는 환상을 창조한다.
그러므로 생각이 사라지면 '나'라는 환상도 사라진다.
따라서 무심이 곧 무아(無我)이다.

그렇다면 깨닫게 되면 생각이 모두 사라지는가?
아니다. 깨달은 사람도 여전히 생각을 한다.
그러나 생각이 바로 '나'라는 동일시가 사라진다.
생각을 지켜보는 주체로서의 의식을 자각하기 때문이다.
따라서 더 이상 생각에 부대끼지 않게 된다.

그러나 의식 자체에 대해 자각하지 못하면 의식은 연속해서 일어나는 생각에 초점을 맞추게 된다. 여기서 생각과의 동일시가 일어나게 된다.

생각은 감각 대상의 인지, 감정, 기억 등을 개념으로 해석하는 것이다. 생각은 의식 위에 나타나는 대상경계이지만, 의식 자체를 자각하지 못하면 의식은 생각과 동화되어 버린다. 생각이 '나'가 되어 버린다.

그러나 본성에 계합하게 되면 의식 자체를 자각하게 된다. 이후로는 생각을 하지만 더 이상 생각과의 동일시가 일어나지 않게 된다.

이 같은 생각과의 탈동일시가 '나'라는 환상을 무너뜨린다.
비로소 '무아'를 증득하게 된다.

그러나 '생각하는 나'는 없지만 의식으로서, 순수 각성 자체로서 존재감은 있다. 따라서 '내가 없는 것'이 '진짜 나'라는 역설이 성립된다. 무아가 참나(眞我)이다.

아무런 내용이 없는 순수 각성이 무아이며 동시에 참나이다. 이 순수 자각은 아무런 내용이 없기 때문에 모든 사람에게 공통된 것이며, 나지도 않고 죽지도 않으며 오지도 않고 가지도 않는다.

참된 실재는 이것뿐이다.
물론 이것도 개념적인 설명일 뿐이다.

머리로 이해하는 것으로는 알 수가 없다. 오직 체득해야만 언제나 눈앞에서 홀로 밝은 '이것'을 자각할 수 있다.

무아와 진아

마음공부의 핵심은 '나는 없다'는 것을 직접 체험으로 확인하는 것이다.

무아(無我)라고 하면 그대는 이렇게 물을 것이다.

"이렇게 눈으로 직접 확인할 수 있는 '몸'이 있고 샘솟듯 연속해서 이어지는 생각과 느낌, 즉 '마음'이 있는데 왜 '나는 없다'고 말하는가?"

"잠들었을 때만 빼놓고는 심지어 꿈속에서도 '내가 있다'는 사실은 아무리 부정하려고 해도 부정할 수 없는 엄연한 사실인데, '내가 없다'고 하니 이 무슨 해괴망측한 소리인가?"

그렇다면 그대는 '내가 있다'고 아는 그것이 무엇인지 그 실체를 직접 확인해 본 적이 있는가? 그대가 '나'라고 알고 있는 것은 과연 무엇인가?

이름, 나이, 성별, 직업, 가족관계, 또 거울에 비친 이미지로 알고 있는 자신의 모습과 기억 등 그대가 '나'라고 알고 모든 것은 '생각'과 '이미지'로서 의식의 대상이다. 즉, 그것들은 '나'에게 부가된 수식어일 뿐이지 '나' 자체는 아닌 것이다.

생각으로는 의식하는 주체인 그대 자신을 알 수가 없다. 생각하지 않을 때, 그대는 과연 무엇인가? 그에 대한 대답은 '모른다'일 수밖에 없다.

그러므로 그대가 자신으로 동일시하고 있는 모든 것은 '개념'에 불과하다. 개념이란 어떤 대상을 언어를 통해 추상화한 것이며, 따라서 그것은 이미지이며 허상이다.

다시 말해, 그대는 그동안 기억을 통해 축적해 온 자신에 대한 이미지를 자신으로 동일시해 오고 있는 것이다. '나'라는 생각, 자신에 대한 이미지가 심리학에서 말하는 에고이며, 불교에서 말하는 아상(我相)이다.

거울에 비친 이미지가 거울이 아니듯이, 에고가 그대의 참된 정체성이 아닌 것이다. 이와 같이 왜곡된 정체성이 무지(無知)의 근본 원인이며, 그 무지로 인해 그대는 끊이지 않는 탐욕과 어리석음, 번뇌로 고통 받고 있다.

그러나 그대가 비록 이 같은 마음의 메커니즘을 완벽하게 머리로 이해한다고 하더라도 근본 무지에서 벗어날 수 있는 것은 아니다. 왜냐하면 이해라고 하는 것도 개념화의 연장선상에 있으며, 생각의 범주를 벗어나지 못하기 때문이다. 달리 말하면 생각과의 동일시에서 벗어나지 못한다는 것이다.

그래서 깨달음의 핵심은 이해가 아니라 체험이다. 어떤 계기가 되었든 연속해서 이어지던 생각이 뚝 멎는 순간, 개념화를 통해 이미지를 그려내는 마음 작용이 멈추게 된다. 그때 그대는 그대의 참된 정체성을 한순간 흘끗 보게 된다.

그렇다고 해서 어떤 대상을 보는 것은 아니다. 군이 표현하자면 보는 자와 보이는 대상이 하나임을 체험하는 것이다. 그러나 이 한순간의 체험이 그대의 삶을 송두리째 바꾸어 놓는다.

그대는 더 이상 생각과의 동일시에 휘말려들지 않게 된다. 생각과 느낌이 일어나더라도 그것을 멀찍이 바라볼 수 있는 거리와 여유를 갖게 된다. 마음은 언제나 고요하고 맑게 모든 것을 있는 그대로 비춘다.

그리고 이전까지 그대가 동일시해 왔던 자신이 이미지의 집합체이며 허상임을 알게 된다. 무아란 이를 일컫는다. 그렇다고 해서 그대가 다른 사람이 되는 것은 아니다. 외면적으로는 아무것도 달라지는 것이 없다. 다만 그대가 스스로를 한정해 왔던 '몸과 마음'이라는 좁은 틀이 부서지고 '나'의 경계가 사라지게 된다.

그러면 참나(眞我)는 무엇인가라고 물을 것이다. 에고가 실재하지 않음을 알게 되더라도, 무엇이라 규정지을 수도 없고 한정지을 수도 없지만 의식은 근원적인 주관성으로 존재한다. 이것이 참나이다.

그러므로 에고 없음, 즉 무아와 참나는 다르지 않다.

세상은 구원할 수 없다

그대는 세상을 구원하기를 원하는가?
그렇다 할지라도 안타깝게도 세상을 구원할 수는 없다.
왜냐하면 이미 세상은 구원이 끝나 있기 때문이다.

예수에게는 구세주라는 수식어가 따라다닌다.
'세상을 구원하기 위해 온 주님'이시라는 말이다.

그러나 진실을 말하자면,
예수가 오기 전에도 세상은 이미 구원이 끝나 있었다.
아니, 세상은 구원받을 필요조차 없었다.
왜냐하면 세상은 본래 완전하기 때문이다.

기독교에서는 예수가 십자가에 못 박힘으로써 모든 인류의 원죄를
대신 탕감했다고 주장한다. 남의 아이를 대신 낳아 주는 사람, 부모가
죽으면 대신 울어 주는 사람만 있는 것이 아니라, 다른 사람의 죄를
대신 갚아 주는 사람도 있다는 이 발상은 기발하지 않은가?

예수는 다른 사람들의 죄를 대신 갚아 주기 위해 법석을 떨 만큼 어
리석은 사람은 아니었다. 예수는 모든 사람이 본래 죄가 없음을 누구
보다도 잘 알고 있었기 때문이다. 그런데 누구의 죄를 대신 갚는다는

말인가?

그러니 세상을 구원하겠다는 원대한 이상을 실현하려고 하기보다는 먼저 그대 자신을 구원하라. 그대 자신 이외에 구원해야 할 세상이 따로 없기 때문이다.

그대에게 죄가 있다면 오직 '제 눈의 들보는 보지 못하고 남의 눈의 티끌만 보는' 어리석음이다. 나와 남을 분리하는 어리석음이다.

그대의 지혜로 그대의 어리석음에서 벗어나는 것이 바로 구원이다.
그러므로 그대를 구원할 수 있는 사람은 그대밖에 없다.
그대가 스스로를 구원한다면,
어리석음에서 벗어나 눈을 뜨게 된다면
구원받아야 할 세상은 사라진다.

손님도 없고 주인도 없다

자신이 초라하고 어딘가에 구속되어 있다고 느껴진다면
스스로를 돌아보라.
누가 그대를 저울질하고, 누가 그대를 묶고 있는가?
그대는 자신을 '무엇'으로 규정하고 있는가?

그대는 아무개라는 이름을 지닌 몸인가?
그렇게 생각한다면 그대의 몸에 대해 살펴보자.
몸은 부모에게서 왔다. 눈에 보이지도 않을 만큼 작은 부모의 생식
세포에서 비롯되었다. 그 생식 세포는 어디서 비롯되었는가? 그것은
부모가 섭취한 음식물에서 왔다. 그 음식물은 어디서 왔는가? 동물과
식물의 몸에서 왔다. 동물과 식물의 몸 또한 연원을 따져서 올라가면
결국 지구상에 존재하는 여러 가지 원소들에서 왔으며, 그 원소들 또
한 우주에서 왔다.

즉, 그대의 몸은 우주의 먼지와 티끌이 모여서 만들어진 것이다. 그
리고 그 몸을 유지하기 위해서는 끊임없는 호흡으로 산소를 들이마시
고 음식물을 섭취해야 한다. 이 모든 과정에 태양과 달과 지구, 그리
고 우주 전체가 참여하고 있다. 그대의 몸은 이 모든 요소들이 모여서
된 것이다. 지금 이 순간에도 그 요소들은 이합집산을 거듭하고 있고
몸을 이루는 세포들은 끊임없이 생성과 소멸을 계속하고 있다.

208

몸은 수많은 다른 요소들이 모여서 된 것이며, 따라서 그 자체로는 아무런 실체가 없다.

아니면, 그대는 자신을 마음이라고 생각하는가?

내면을 들여다보면 끊임없이 기억과 느낌들이 생각으로 나타났다가 사라진다. 그대는 이 생각의 총체를 자신의 마음이라고 여기며 그것을 자신과 동일시한다. 그러나 생각 또한 끊임없이 나타났다가 사라지며, 따라서 고정되고 변하지 않는 실체가 없다.

마음도 그대가 아니라면 그대는 무엇인가?

그대는 생각들이 나타났다가 사라지지만 그 생각들을 지켜보는 무엇인가가 있다는 사실은 알고 있다. 달리 말해, 마음을 바라보는 '시선'이 있다는 사실은 스스로 자각하고 있다. 이 시선은 언제나 한결같이 있으며 아무런 변화가 없다. 따라서 만약 이 시선의 정체를 파악한다면 그대의 참된 정체성을 알 수 있지 않겠는가?

그러나 문제는 주시자인 이 시선이 무엇인지 알려고 해도 좀처럼 알려지지 않는다는 데 있다. 그것이 무엇인지 알려고 하면 그것은 한 걸음 뒤로 물러나 또 다른 시선으로 분화된다. 알려고 하는 그 시선은 대상화되지 않는다. 그대가 '안다고 하는 것'은 '아는 것'과 '알려지는 것'이 분화되어야만 가능하기 때문이다.

그러나 주시자는, 생각을 바라보는 시선은 그런 방식으로는 알 수가 없다. 그것은 '아는 것'과 '알려지는 것'이 생겨나는 근원이기 때문이다. 그것은 주객이 통합되는 '총체적인 봄'을 통해서만 확인할 수 있다. 이것이 깨달음이다.

그대가 아직 깨달음의 실증적인 체험이 없다고 하더라도 우선 생각을 바라보는 시선과 자신을 동일시하라. 주시자와 자신을 동일시하게 되면 그대는 생각을 바라볼 수 있게 된다. 따라서 생각과의 동일시에서 벗어날 수 있으며, 생각에 휘둘리지 않고 생각을 부릴 수 있게 된다.

그대가 주시자로서 확고히 자리를 잡게 된다면, 어느 순간 주시자의 실체를 확인하는 실증적인 체험을 하게 된다. 확인하고 보면 주시자라고 해서 주시하는 실체가 있는 것이 아님을 알게 된다. 오직 주시, 즉 지켜봄만이 있다. 손님도 없고, 주인도 없다.

그대를 한정지을 수 있는 어떤 경계도 없다.
그대는 무한히 자유로우며 자유 그 자체이다.

그대가 고통스러운 것은 그대가 스스로를 생각으로 한정 짓고 그 한계에 묶이기 때문이다. 꿈을 꾸면서 꿈속의 주인공을 자신으로 여기기 때문에 고통 받는다.

슬기로운 삶

모든 사람은 절대적으로 평등하다.
그러나 동등하지는 않다.

무엇이 평등한가?
그대의 타고난 성품은, 즉 보고 듣고 느끼고 아는 그 본래의 바탕은
하나의 근원에서 말미암은 것으로 모두가 같으며, 따라서 절대적으로
평등하다.

무엇이 동등하지 않은가?
그대의 모습, 성격, 환경, 여러 가지 삶의 조건들은 인연에 말미암
은 것으로 모두가 서로 다르며, 동등하지 않다.

그러므로 "어떻게 살아야 할 것인가?"라는 물음에 대한 해답은 명
백하다. 절대적으로 평등한 그대의 본래 성품에 초점을 맞춰라. 그 성
품을 그대의 진정한 자아로 동일시하며, 성품의 지혜로 일상의 삶을
살아가라.

누구도 성품의 바탕을 벗어날 수 없고 따라서 절대적으로 평등하
다는 이 진리를 그대가 안다면, 부러워하고 두려워할 것이 무엇이 있
는가?

눈앞에 나타나는 모든 차별상들이 다만 지나가는 그림자에 불과한 것임을 그대가 자각한다면, 그대에게는 부러워하고 두려워할 것이 없을 것이다.

그대가 그대의 우주와 삶을 창조하며, 그대가 창조주이다.
어떠한 주의나 주장, 이념이나 도그마에도 현혹되지 말고 성품의 지혜로 자유롭고 창조적인 삶을 살아라.

시간은 흐르지 않는다

어느 날 베드로가 예수께 여쭈었다.

"주님이시여, 궁금한 것이 한 가지 있습니다."

"베드로야, 무엇이 궁금한가?"

"주님께서 언제나 말씀하시는 천국은 도대체 어디에 있습니까?"

예수께서 제자들을 둘러보며 말했다.

"모두들 잘 들어라. 천국이 만약 물속에 있다면 너희보다 물고기가 먼저 천국에 닿을 것이요, 천국이 만약 공중에 있다면 너희보다 새들이 먼저 천국에 당도할 것이니라."

베드로가 다시 물었다.

"물속에도 공중에도 없다면, 천국은 어디에 있는 것입니까?"

예수께서 온화하게 웃으면서 대답했다.

"천국은 물속에도 공중에도 세상 어느 곳에도 있지 않다. 천국은 네 마음속에 있다. 그러나 천국에는 시간이 없느니라."

예수와 그의 제자들 사이에 있었음직한 대화다.

천국에는 시간이 없다.

달리 말하면, 시간이 없는 곳이 천국이다.

천국에는 2011년도, 2012년도 없다.
천국에는 과거도 미래도 없고, 영원한 '지금'만 있다.

그대는 언제나 '지금'에 존재한다.
'지금'에 현존하는 것이 천국이다.
그러므로 그대는 언제나 천국에 있다.

그대가 현존하지 못할 때, 생각으로 과거와 미래를 오갈 때, 그대는 천국에서 추방당한다.

시간은 그대의 의식을 떠나서는 존재하지 않는다.
달리 말하면, 시간은 객관적인 실체가 아니라는 말이다.
시간은 의식이 대상의 지속을 인지하는 틀일 뿐이다.

그러므로 시간은 분별 속에서만 존재한다.
분별을 떠나서는 시간은 존재하지 않는다.

그림을 그린다든지, 아니면 음악을 듣는다든지 어떤 일에 몰두하고 있을 때 그대는 시간이 흐름을 전혀 인지하지 못할 것이다. 반대로 빚쟁이가 찾아왔을 때의 십 분은 연인과 데이트할 때의 한 시간보다 훨씬 더 길고 지루하게 느껴질 것이다.

분별이 없을 때, 생각 이전의 자리에서는 시간은 흐르지 않는다.
따라서 생각 없음이 천국이며, 그 이외의 다른 하늘나라는 없다.

시간이 없는 '지금'에 머물러라.

분별을 떠나면 존재하는 것은 언제나 '지금'뿐이다.

과거도 미래도 없는 언제나 지금에 사는 것,

현존이 바로 천국에서의 삶이다.

아담에서 그리스도까지

구약성서에서 신약성서로 이어지는 일련의 드라마도 그 큰 줄기를 보면 인간 의식의 진화 과정을 상징적으로 표현하고 있다.

에덴동산의 아담은 아직 에고가 생겨나지 않은 원초적 인간을 상징한다. 에고는 인간이 태어날 때부터 가지고 오는 것이 아니다. 성장 과정에서 사회화와 학습을 통해 만들어지는 것이다.

에고가 생겨나기 이전의 아담에게 세상은 그야말로 낙원이다. 아기는 목마르고 배고프면 울지만, 기본적인 생존 조건만 충족되면 고통의 근원인 에고가 없기 때문에 아무것도 부족한 줄을 모르고 자족한다.

그러나 아이는 자라면서 사회화 과정에서 어쩔 수 없이 선악과를 따먹게 된다. 선악과는 옳은 것과 그른 것을 나누는 것, 즉 분별을 의미한다.

의식의 발전 과정에서 가장 첫 번째 분별은 '나'와 '나 아닌 것'을 나누는 것이며, 여기서 에고가 탄생한다. 에고가 형성되기 이전의 아이에게는 '나'라는 생각도, 어떤 경계도 없다.

216

에고의 탄생은 곧 에덴동산에서, 낙원에서의 추방을 상징한다. 삶의 상황이 어떠하든, 인간은 에고를 자신으로 동일시하는 동안은 고통을 받을 수밖에 없기 때문이다. 따라서 원죄란 곧 에고와의 동일시를 뜻한다.

낙원에서 추방된 아담은 낙원에서의 평화롭고 자족했던 기억을 간직하고 있다. 그래서 그는 다시 낙원으로 돌아가기를 갈망하고 염원한다. 그러나 원죄를 짊어지고서는 다시 낙원으로 돌아갈 수가 없다.

낙원에서 추방된 아담과 '사람의 아들' 예수는 사실 동일인이다. 구약성서는 원초적 인간이 낙원에서 추방되는 과정을, 신약성서는 그가 다시 낙원으로 돌아가는 과정을 그리고 있기 때문이다.

따라서 구약의 주인공 아담은 구약의 속편인 신약의 주인공 예수가 될 수밖에 없다. 예수가 역사적 인물이었든 아니든 그것은 사실 중요한 것이 아니다.

예수가 스스로를 일컬을 때 사용한 말인 '사람의 아들'은 에고를 지닌, 원죄를 짊어진 육화된 영(靈)으로서의 자신을 가리킨다.

원죄를 짊어지고서는 낙원으로 돌아갈 수가 없다. 그래서 예수의 십자가 수난은 필요했던 것이다. 십자가 수난은 에고를 십자가에 못 박는 것, 즉 에고를 내려놓는 것을 상징한다.

사람의 아들인 예수는 십자가 수난을 통해 비로소 그리스도로, 참나로, 하나님으로 거듭나게 된다. 아담에서 출발한 인간 의식의 진화 과정은 그리스도를 정점으로 드디어 하나의 원(圓)을 완성하게 된다.

아담은 그리스도를 통해 다시 낙원으로 귀환하게 되는 것이다.

영웅 본색

여기에서 하고자 하는 일은 아주 단순한 것이다.

그것은 그대에게 진정한 자신을 일깨우는 일이다.

그대는 언제나 그대 자신이면서도 자신이 아닌 상상 속의 엉뚱한 것들을 자신으로 착각하면서 살아간다. 그래서 언제나 무언지 모르게 불안하고 두렵고 근심과 걱정이 떠나지 않는다.

삶이라고 여겨지는 한바탕 연극이 여기에서 펼쳐지고 있다.

그대는 이 연극에서 그대가 맡은 배역에 너무 동화된 나머지 그대가 아는 '나'가 단지 배역에 불과하다는 사실을 잊어버렸다.

그대는 마치 꿈과 같은 연극 속의 '아무개'라는 이름을 가진 주인공이 아니다. 그것은 그대가 잠시 표현하고 있는 배역이다.

진정한 그대는 텅 빈 무대이며, 상연되고 있는 연극이기도 하다.

그러나 그대는 자신을 연극 속의 배역에만 한정시키기 때문에 스스로 고통을 짊어진다.

연극은 시간의 제약 속에 있기 때문에 시작과 끝이 있다. 햄릿은 연극이 끝나기 전에 죽어야만 한다. 그대가 자신을 햄릿으로만 알고 있다면, 그대에게 죽음은 즐거운 놀이가 아닌 비정한 현실이 된다.

세상이라는 무대 위에서 삶이라는 연극은 끝없이 계속된다.
헤아릴 수 없이 많은 배역들이 서로 다른 얼굴로 각양각색의 분장과 의상을 입고 무대 위에 등장하지만, 그 본색은 하나다.

그대가 그것이다.
그대가 그 본색을 알게 되면 그대는 연극에 열중하면서도 자신이 맡은 배역 때문에 고통 받지 않고 웃으면서 연극을 즐길 수 있다.

배역이 아닌 배우가 되라.
그것이 해탈의 길이다.

오매일여

세간에는 '오매일여(寤寐一如)'라는 말을 두고 갖가지 오해와 논란이 많은 것 같다. 오매일여란 깨어 있을 때나 잠잘 때나 한결같다는 말이다.

논란의 시작은 예전에 성철 스님이 "오매일여를 통과하지 못하면 견성(見性)이 아니다."라고 밝힌 데서 비롯됐다. 혹자는 이를 잠들어 있을 때도 깨어 있을 때처럼 한결같이 화두를 참구하고 있어야 한다는 의미로 해석하기도 한다. 그러나 이 같은 해석은 실상(實相)의 자리를 보지 못하는 어리석음의 소치일 뿐이다.

오매일여라는 말 속에는 깨어 있을 때나 잠들어 있을 때 구체적으로 무엇이 한결같다는 것인지가 명시되어 있지 않다. 따라서 실상의 자리를 보지 못하면 무엇이 한결같은지 알 수가 없으며, 그래서 단지 추측만 할 수 있을 뿐이다.

깨어 있음, 잠, 그리고 꿈은 보통 사람들의 세 가지 의식 상태이다.
이 세 가지 상태는 번갈아서 오고 가지만, 실상의 자리를 확인하지 못하면 한결같지 못하다. 깨어 있을 때의 의식 상태와 꿈꿀 때의 의식 상태는 엄연히 다르기 때문이다. 그러다 깊은 잠에 빠지면 자신이 존재한다는 사실마저도 자각하지 못한다.

221

깨어 있음, 잠, 꿈의 세 가지 의식 상태는 번갈아서 오고 갈 뿐만 아니라 항상적이지 못하다. 다만 나타나서 옮겨가고 바뀌는 현상일 뿐이다. 그러나 실상의 자리, 즉 참 마음자리는 이 세 가지 상태가 나타나고 사라지는 배경이다. 실상의 자리는 깨어 있음, 잠, 꿈이 교차해서 오고 가더라도 언제나 그대로이다.

그렇다고 해서 실상의 자리가 깨어 있음, 잠, 꿈을 떠나서 따로 있는 것은 아니다. 깨어 있음, 잠, 꿈이 나타나고 사라지는 그 자리가 바로 실상의 자리이지만, 그것을 자각할 수 있는 사람만이 이 세 가지 상태가 한결같음을 안다.

이 세계는 어디에서 나타나는가

아침에 잠에서 깨어날 때, 그 짧은 순간을 놓치지 말고 지켜보라.

이 세계는 어디에서 나타나는가?

자신이 존재하는지도 모르는 캄캄한 어둠 속에서
'내가 있다'는 한 점의 자각이 일어나는 순간,
세상이 그 속에 나타나지 않는가?

이 얼마나 놀라운 마술인가?
이 세계가, 온 우주가 이 한 점의 자각 속에 담겨 있다는 것은.

고요한 비춤

수행자들은 많은 경우 한 생각 잘못 하면 자신이 깨달았다는 망상에 스스로 속기 쉽다. 깨달음이란 얻을 것이 없으며, 깨달음의 증표가 겉으로 드러나는 것도 아니기 때문이다.

그러나 본인이 스스로를 속이지만 않는다면, 제대로 본성에 계합했는지 여부는 누구보다도 스스로 잘 알 수가 있다. 자신의 마음은 누구보다도 자신이 잘 알기 때문이다.

스스로 자각할 수 있는 깨달음의 가장 뚜렷한 증표는 생각이, 분별 망상이 저절로 가라앉으며, 마음이 고요하고 맑아진다는 것이다.

그 고요함과 맑음은 어떤 장소나 시간, 상황에 구애됨 없이 언제나 지속되며, 스스로 느낄 수가 있다. 거리에서나 사무실에서도 지하철 속에서도 느껴지며, 심지어는 꿈속에서도, 잠 속에서도 체감할 수가 있다.

이를 옛부터 불가(佛家)에서는 '고요한 비춤(적조: 寂照)', 또는 적광(寂光)이라고 표현해 왔으며, 육조단경에서는 내외명철(內外明徹)이라 일컬었다. 안팎이 사무치게 밝다는 뜻이다.

견성한 마음은 안과 밖의 구분이 사라지고 언제나 모든 것을 고요하고 밝게 비춘다.

그러므로 수행자는 어쭙잖은 체험으로 다른 사람에게 깨달음의 인가를 구하기보다는 스스로를 살피어 자신이 깨달음이란 망상에 빠져 있지 않은지 투철하게 경계해야만 한다.

중심과 변두리

그대는 중심이다.

그러나 그대는 자신이 중심인지를 모른다. 그래서 주로 변두리에서 지낸다. 그렇지만 중심과의 연결을 아주 끊어 버린 것은 아니다. 간혹 중심으로 되돌아오지만 그대는 그것을 의식하지 못한다.

중심은 허공과도 같아서 크기도 모양도 없다. 볼 수도 만질 수도 없지만, 보는 눈을 가지고 있다. 눈은 눈을 볼 수 없지만, 보이는 대상을 통해 스스로 '있음'을 확인할 수가 있다.

보이는 대상이 변두리다. 보고 듣고 알고 이해하고 행위 하는 모든 것은 중심을 확인하지 못하면 주변이요, 변두리다. 그러나 중심이 스스로를 확인하면 변두리도 중심에 속한다. 그러나 확인하지 못하면 중심은 간 곳이 없고 변두리만 있다.

그대는 가끔씩이나마 중심과의 연결을 유지하고 있지만, 간혹 중심과의 연결이 아주 끊겨 버린 채 변두리에서 사는 사람들도 있다. 그들은 고향인 중심을 까맣게 잊어버린 채 객지인 변두리에서만 살고 있다. 그들은 정신이상자 혹은 미친 사람이라고 불린다.

반대로, 드물지만 중심으로 돌아와 중심에 머무는 사람도 있다. 그도 때로는 변두리로 외출하기는 하지만 변두리 또한 중심과 다르지 않다는 것을 알기 때문에 언제나 중심에 머문다. 그에게는 변두리가 없다. 언제나 중심만 있다. 그는 깨달은 사람이다.

중심에 머무는 사람은 자신이 '누구'라고 주장하지 않는다. 누구라고 주장할 만한 것이 아무것도 없다는 것을 알기 때문이다. 그는 배고프면 밥 먹고 졸리면 잔다. 일하다 피곤하면 쉰다. 그는 아는 것이 아무것도 없다.

변두리에 머물다 가끔씩 중심에 들르는 그대는 자신을 아무개라는 이름을 가진 회사원, 의사, 또는 경찰이라고 주장한다. 그에게는 다수의 '자기'가 있다. 그리고 성취해야만 할 미래가 있고 스스로 인생을 살아가고 있다고 생각한다. 그러면서 "이렇게 사는 것이 분명 전부는 아닌 것 같은데……" 하고 가끔씩 의문을 가지기도 한다.

한편 변두리에 머무는 사람은 주장할 것이 너무나 많다. 그는 친구들이 자꾸 자신을 욕해서 미치겠다고 하소연한다. 누군지 모를 상대에게 욕을 하다가 사람들이 자신을 해치려 한다며 문이라는 문은 모두 걸어 잠그고 밖으로 나가려고도 하지 않는다. 그에게는 아무런 근거도 없는 너무나 많은 생각들이 있지만, 그것들이 망상이라고는 추호도 의심하지 않는다.

변두리에 머무는 사람이나, 중심과 변두리를 오가는 그대나 자신을 모르기는 마찬가지다. 그러나 그대에게는 중심을 찾아서 중심에 머물 수 있는 잠재적 가능성이 언제나 있다. 동시에 그대에게는 변두리로 영원히 추락할 수 있는 가능성 또한 없다고 할 수는 없다. 그대의 망상이 깊어져서 중심을 완전히 잃어버리게 되면 정신병원 신세를 져야 하기 때문이다.

양쪽 방향의 길은 그대에게 언제나 열려 있다.

진리는 숨겨져 있지 않다

진리는 숨겨져 있지 않다.
그러므로 진리는 어떤 특정한 사람들만의 것이 될 수 없다.
모든 사람의 것이다.

아니, 모든 사람 자체가 진리다.
그러나 그대는 자신이 진리임을 모르고
다른 곳에서 진리를 찾고 있다.

깨달음의 체험은 그대가 엉뚱한 곳에서 찾아 헤매는 것을
쉬게 될 때, 불청객처럼 아무런 예고 없이 찾아온다.

여기에 영화가 상영되고 있다.
그대는 스크린 위에 나타나는 산과 바다, 도시와 거리, 자동차와 사
람들, 그리고 주인공들의 활약을 바라보며 흠뻑 도취되어 있다. 영화
를 보는 동안 그대에게 영화 속의 모든 장면들은 실재하며 너무나 생
생하고 현실적이어서 그대는 그 속에 빠져 있다.

그러다 갑자기 정전이 된다.
동시에 영화 속의 모든 영상은 사라지고 텅 빈 스크린이 나타난다.
그때서야 그대는 영화는 실재하는 것이 아니며, 실재하는 것은 스크

린뿐임을 알게 된다.

그대가 스크린이며, 영화 또한 그대가 상영하는 것이다.

그대는 그대 위에 그대가 투사하는 영화에 스스로 속고 있다. 꿈을 꾸는 동안, 그대가 만들어내는 꿈에 속아 그것이 실재한다고 믿는 것처럼.

영화가 상영되는 동안, 그대가 영화에 넋을 잃고 빠져 있는 동안은 그대 자신의 본성인 스크린을 볼 수가 없다. 오직 잠깐만이라도 상영되는 영화가 중단되어야만 자신이 텅 빈 스크린임을 확인할 수 있다.

깨달음의 체험도 이와 같다. 눈에 보이고 귀에 들리는 모든 것이 실재하는 것처럼 느껴지는 동안은 본성은 드러나지 않는다.

체험의 순간에는 눈에 보이고 귀에 들리는 모든 것이 한 순간에 사라지고, 텅 비고 또렷한, 그러나 표현할 수 없는 '무엇'이 드러난다. '체험자'와 '체험 대상'이 따로 없으며 오직 '체험'만이 있다.

본성은 어떤 영화도 상영될 수 있는 스크린과도 같다. 만약 스크린이 텅 비어 있지 않다면 어떤 영화도 상영될 수 없는 것처럼, 본성 또한 텅 비어 있고, 볼 수도 만질 수도 없으며, 있다고도 없다고도 할 수가 없다. 본성은 있음과 없음을 넘어서 있기 때문이다.

그러면서도 그 위에 있을 수 있는 온갖 영화들이 상영되고 있다. 그대는 그대 위에 상영되고 있고 그대가 보고 있는 영화를 그대의 '삶'이라고 생각한다. 그러나 알고 보면 여기에 '아무개'라고 부르는 개인의 이름표가 붙을 자리는 없다.

그대는 본성의 한 조각 파편이면서도 본성 자체이기 때문이다. 수십억 명의 사람들이 펼쳐 가는 제각각의 삶도 모두가 본성이 상영하는 영화이며, 따라서 그 영화는 제작자, 감독, 각본, 주연과 조연들 모두가 본성이 벌이는 '원맨쇼'일 뿐이다.

그대가 단지 그 영화에 출연하는 단역 배우임과 동시에 그 영화를 지켜보는 본성의 눈임을 알게 될 때, 기뻐하고 또 슬퍼할 것이 무엇이 있겠는가?

집으로 가는 길

그대가 집을 잃어버렸다는 사실을 알았다면,
이젠 집으로 돌아가는 길을 발견해야만 할 것이다.

그러나 조금도 걱정하지 말라.
그대가 기뻐해야 할 좋은 소식이 있다.
그것은 그대가 한 번도 집을 떠난 적이 없다는 사실이다.

그대가 집이요, 궁극적인 실재이다.
그대가 집을 잃어버리는,
집과 그대의 분리는 실제로는 일어나지 않았다.
그대는 집을 떠난 적이 없다.
실재는 결코 잃어버릴 수가 없다.

그대는 잠자면서 꿈을 꾼다.
꿈속에서 그대는 세계 곳곳을 여행한다.
때로는 별나라에도 가고 천상세계도 유람한다.
그러다 잠에서 깨어나면 침대 위에 누워 있는 자신을 발견한다.

마찬가지로 그대는 그대의 근원인 집을 떠난 적이 없다.
그대가 아무리 집으로부터 벗어나고자 해도 벗어날 수가 없다.

그대가 어디를 가더라도 집 아닌 곳이 없기 때문이다.

다만 집 밖에서 떠돌고 있다는 꿈에서 깨어나기만 하면 된다.
따라서 깨달음은 전혀 심오하거나 어려운 것이 아니다.
단순하고 쉽다.

그러나 그대의 관심이 깨달음을 지향하지 않는다면,
에고가 꾸는 달콤한 꿈에 젖어서 깨어나기를 원치 않는다면,
결코 집으로 돌아올 수 없다.

꿈에서 깨어나기 위해서는 그대의 꿈이 악몽으로 변해야만 한다.
아니면 꿈꾸는 것에 질려서 싫증이 나야만 한다.
그래서 더 이상 꿈꾸기를 원하지 않을 때,
깨어나고자 몸부림칠 때,
어느 순간 그대는 집에 있는 자신을 발견하게 된다.

짚신이 곧 부처다

어느 산골의 오래된 사찰에 한 불목하니가 있었다. 어려서 부모를 여의고 객지를 떠돌다가 절에 의탁해서 밥 짓고 나무 하는 일을 해온 그는 서당 옆에도 가 보지 못한 터라 책은커녕 자기 이름자도 몰랐다.

그래도 그는 천성이 충직하고 외곬수였던지라 산에 가서 나무를 해서 장작을 패고 아궁이에 불을 때는, 그가 맡은 소임을 묵묵히 해오고 있었다.

그러던 중 가만히 보니 선방(禪房)의 스님들은 일을 하지도 않고 어떨 때는 몇 날 며칠을 선방에 틀어박혀 두문불출하는 것이 아닌가? 도대체 스님들은 선방에서 무엇을 하는 걸까?

궁금증이 생긴 그는 어느 날 주지스님에게 물었다.
"주지스님, 스님들은 한겨울 동안 선방에서 도대체 무엇을 하는 겁니까?"
"무얼 하긴, 참선하는 것이지."
"참선이 도대체 뭔가요?"
"이놈아, 절밥을 먹으면서 아직 참선이 뭔지도 모르느냐? 참선이란 화두를 들고 정진하는 것이야. 참선이 깊어져서 화두가 박살이 나면 비로소 진짜 자기를 찾게 되는 거야. 곧 부처가 되는 것이지."

"우와, 참선으로 부처님이 된다고요? 그렇게 대단한 것인 줄 몰랐네. 스님, 그러면 소인에게도 화두 하나 주시면 안 될까요? 노는 입에 염불한다고 저도 나무 하고 불 때면서 화두를 한번 들어 보게요."

"음, 안 될 건 없지. 즉심시불(卽心是佛; 이 마음이 곧 부처)이니라."

"아이고 주지스님, 감사하옵니다."

그리고는 불목하니는 땅에 엎드려 넙죽 큰절을 했다.

그날부터 그는 산에 나무를 하러 가면서 주지스님에게서 받은 화두를 중얼거리기 시작했다. 그런데 그는 글을 몰랐기 때문에 주지스님이 말한 즉심시불을 '짚신시불'로 잘못 알아들었다.

"짚신이 곧 부처라? 이게 무슨 말일까? 짚신이 어떻게 부처님이라는 것이지?"

아무리 생각해 봐도 '짚신이 부처'라는 수수께끼를 풀 수가 없었다. 그러나 주지스님이 화두가 박살나야만 부처가 된다고 했으므로 도중에 그만둘 수도 없었다. 날이 가면 갈수록 '짚신시불'에 대한 의문은 더해만 갔다.

"왜 주지스님은 짚신이 곧 부처라고 했을까?"

나무 하고 불 때고 물 긷고 밥 짓고 앉으나 서나 누우나 심지어는 꿈속에서까지 '짚신시불'은 끈질기게 그를 따라다녔다.

"짚신시불, 짚신이 부처라, 짚신시불, 짚신시불, 짚신시불, 짚신시불……."

겨울이 가고 봄이 왔다. 봄이 가고 여름이 오고, 뒤이어 가을이 종
종걸음으로 찾아왔다. 어느 날 그는 절 뒷산에 올라가서 마른 나뭇가
지를 잔뜩 주워 모아 지게에 지고 산비탈을 내려오고 있었다.

짚신시불, 짚신시불, 짚신시불……. 그날도 그는 '짚신시불'에 몰두
하고 있었다. 그러나 너무 몰두하다 보니 발밑을 제대로 살피지 못해
서 그만 길가의 돌부리에 걸려서 넘어지고 말았다.

정신을 차려서 다시 일어서려는 순간, 자신이 신고 있던 짚신이 벗
겨져 바로 눈앞에 떨어져 있는 것이 아닌가.

짚신을 보는 순간, 갑자기 생각이 뚝! 하고 끊어졌다.
그리고 그는 자신이 어디에 있는지, 시간이 어떻게 흐르는지도 몰
랐다.

그는 마음을 본 것이다.

깨달음은 많이 배우고 못 배우고와 아무런 상관이 없다. 어떤 형식
과 수행과도 직접적인 관계는 없다. 꾸준히 순일하게 의문을 가지고
몰두한다면 누구나 깨달을 수 있다.

'나'는 언제나 본래 '나'일 뿐인데, 내가 되기 위해서 무슨 수행이 필
요하다는 말인가? 나를 찾는 것이 바로 본래의 나로부터 분리되는 것

이며, 찾는 것을 멈추면 바로 본래의 나이다. 그러나 한 번 직접적으로 체험되기 전까지는 이 역설은 이해되지 않는다.

침묵이 깊을수록 사랑도 깊다

세상의 말 중에서 사랑이라는 말보다 사람들이 하기 좋아하고 듣기 좋아하는 말은 없을 것이다. 텔레비전과 라디오, 길거리의 노래방에서 울려 퍼지는 거의 모든 유행가 가사는 사랑이라는 말로 넘치고 있다.

그러나 막상 사랑이 무엇이냐고 묻는다면 자신 있게 대답할 사람은 별로 없을 것 같다. 사람들은 넘쳐나는 사랑의 말 속에서, 사랑의 홍수 속에서 살고 있는 것 같지만 정작은 사랑의 메마름을 느끼며 사랑에 목말라 한다.

우리는 사랑을 어떤 대상을 그리워하고 생각하며, 또 그 대상을 위하여 무엇인가를 베푸는 행위로 생각하고 있다. 즉, 주고 받는 주체와 대상이 있으며, 그 대상을 위하여 행위로 표현되는 것을 사랑으로 알고 있다. 그래서 사랑을 자신의 내면에서 찾기보다는 외부에서 찾으려 한다.

그대는 언제나 사랑을 찾아서 밖을 주시하며, 또 사랑을 찾아서 바깥을 떠돈다. 그러면서도 그대는 한 번도 그토록 사랑을 갈구하는 것이 무엇인지를 되묻지 않는다. 그대는 마치 자기 호주머니 속에 다이아몬드를 넣어두고서도 그 사실을 모른 채 엉뚱한 곳에서 고생하면서

보석을 찾고 있는 광부와도 같다.

그대가 사랑에 목말라 하고 사랑을 그토록 갈구하는 것은 그대 자신이 사랑이면서도 그 사실을 모르고 있기 때문이다. 그대는 그대 자신이 바로 영원한 사랑임을 발견하기를 무의식으로 갈구하고 있다.

사랑은 너와 나 사이의 분리가 사라지는 것이며, 존재하는 모든 것의 일체성의 확인이다. 그러므로 사랑은 행위가 아니며 존재 본연의 상태이다. 그대는 사랑을 '할' 수는 없지만, 사랑이 '될' 수는 있다.

아니, 이 말도 맞지가 않다. 그대는 본래부터 사랑이며, 지금까지 한 번도 사랑을 떠나 본 적이 없다.

그러므로 사랑은 말이나 행위 속에서 찾을 수가 없다. 만약 어떤 사람에게 "나는 당신을 사랑합니다."라고 말한다면, 그것은 '나'와 '당신'의 분리를 재확인하는 것일 뿐이다. 일체성은 말로 드러낼 수가 없다. 일체성은 오직 침묵 속에서, 무념 속에서 스스로 빛을 발한다.

침묵 속에서 내면의 주절거림이 사라질 때 그대는 자신이 바로 사랑임을, 존재하는 모든 것이 사랑임을 확인할 수 있다. 그대가 본래부터 사랑임을 확인하게 될 때, 그때부터 그대가 하는 모든 말과 행위는 사랑의 표현이 된다.

사랑을 떠나서는 아무것도 존재할 수 없다.

태풍의 눈

큰 태풍이 한바탕 전국을 휩쓸고 지나갔다. 폭우를 동반한 강풍은 도시와 농촌 곳곳에 찢기고 할퀸 상처를 남겼다.

바람은 어디서 불어와서 어디로 가는가?
알 수가 없다.

대기권에서만 바람이 부는 것이 아니라 그대의 내면에서도 바람은 언제나 불고 있다. 생각의 움직임, 감정의 움직임이 그것이다. 생각과 감정이 그대 내면에서 걷잡을 수 없이 움직이고 요동칠 때, 그대는 평정과 중심을 잃어버리고 번뇌와 분노에 사로잡히게 된다.

태풍의 중심에는 바람이 없는 무풍지대가 있다.
그것을 '태풍의 눈'이라고 부른다.

마찬가지로 그대 내면의 중심에도 태풍의 눈과 같은 무풍지대가 있다. 아무런 움직임이 없는 그 중심은 고요한 가운데 생각과 감정의 움직임을 지켜보고 있다.

태풍이 몰아치는 바다에서 태풍의 눈 속으로 들어가면 거친 풍랑을 피할 수 있는 것처럼, 내면의 중심으로 들어가면 번뇌와 분노의 소용

돌이에서 빠져나올 수가 있다. 이것이 명상 속에 숨겨진 비밀이다.

태풍의 눈처럼 고요하면서도 주변의 움직임을 지켜보는 중심이 바로 진정한 그대이다.

그대가 만일 태풍을 만났을 때 중심이 아닌 주변에 있다면 바람을 피할 수 없을 것이다. 그러나 그대가 분노와 번뇌에 휩싸였을 때, 고요한 내면의 중심으로 들어간다면 분노와 번뇌의 바람은 멎고 평화와 안식을 되찾을 수 있을 것이다.

내면의 중심인 '태풍의 눈'을 찾아라.
일단 그대가 그 중심을 찾기만 하면 언제나 그 중심에 머물 수가 있다. 그대는 그 중심에 머물면서 소용돌이치는 생각과 감정을 고요히 지켜볼 수가 있다. 그러면 거센 풍파를 일으키던 생각과 감정은 저절로 가라앉는다.

정토와 하늘나라는 바깥에 있는 것이 아니다.
고요하게 지켜보는 내면의 중심이 정토요, 하늘나라다.

그대가 그것이다.

행복하라, 그것이 최상의 수행이다

수행은 결코 고행이 능사가 아니다.
매일의 삶을 행복하게 사는 것이 수행이다.
행복한 삶은 종국에는 그대를 깨달음으로 인도한다.

그대는 아마 이렇게 물을 것이다.
"지금 이대로는 결코 행복하지 못한데, 어떻게 해야만 행복할 수
있나요?"

행복에는 아무런 조건이 필요하지 않다.
이러저러한 조건들이 충족되어야만 행복할 수 있다고 생각한다면,
그대는 결코 행복해질 수 없다. 설령 그대가 행복해지기 위해 필요로
하는 조건들이 충족된다 할지라도 그것은 잠시뿐일 것이다. 또다시
그대는 행복해지기 위한 다른 조건들을 필요로 할 것이다.

그러므로 그대가 행복해지기 위해서는 아무런 조건 없이 있는 그대
로 행복할 수 있어야만 한다. "좋다! 나는 지금부터 어떠한 일들이 닥
치더라도 행복해지겠다!"고 하는 진정한 결심만 있으면 된다. 그대가
행복해지지 못할 이유는 아무것도 없기 때문이다.

그대는 '행위자'가 아니다. 그러므로 그대는 '경험자'도 아니다. 그

대는 그대 앞을 스쳐지나가는 '삶'이라는 경험을 지켜보는 의식이다. 그런데 그대가 행복하지 못할 이유가 어디 있는가?

설령 그대가 결코 원하지 않는 일들이 그대에게 닥치더라도 그것은 지나가는 사태에 불과하다. 그 일을 지켜보는 의식인 그대에게는 손톱만큼도 영향을 끼칠 수 없다는 사실을 명심하라.

그대가 지금 극장에서 상영되고 있는 한 편의 영화를 보고 있다고 하자. 영화 속에서 주인공은 이 세상에서 일어날 수 있는 불행이란 불행은 모두 짊어지고 살아간다. 만약 그대가 영화에 몰입되어 주인공과 동화된다면 그대는 처절한 불행을 느낄 것이다. 그러다 영화가 끝나고 어두운 극장에 불이 켜지면, 문득 그대는 영화 속 주인공이 아니라 영화를 지켜보고 있는 자신을 발견하게 된다. 그때 그대가 느꼈던 불행은 어디에 있는가?

좋은 일이든 나쁜 일이든 그것들은 자신 앞을 스쳐 지나가는 영화와 같은 것임을 언제나 기억한다면 그대는 행복하지 못할 이유가 없다. 설령 힘들고 원치 않았던 일마저도 지나고 보면 행복한 경험이 될 수 있을 것이다. 슬픈 영화도 공포 영화도 그대가 지켜보는 자임을 잊지 않는다면 즐길 수 있는 것처럼.

삶이란 일련의 사건들의 연속이다. 거기에는 그대의 관점에서 좋은 일도 있고, 물론 나쁜 일도 있다. 그러나 거기서 그대의 '관점'만 빼고 본다면 일어나는 모든 일은 가치중립적인 '사건'들일 뿐이다.

다만 그대가 그 사건들을 자의적인 관점에서 해석하여 좋은 것은 집착하고, 싫은 것은 거부하려 하기 때문에 불행해진다. 집착과 거부가 고통을 불러오는 것이다.

명심해야 할 점은, 비록 그대가 어떤 일에 대해서 아무리 거부한다 할지라도 일어날 일은 일어난다는 것이다. 그대는 상영되는 영화의 스토리를 바꿀 수 없다. 그대가 진행되고 있는 그대의 삶을 자의적으로 해석하고 바꾸려 한다면 그대는 결코 행복해질 수가 없다.

그대는 그대가 원해서 이 세상에 태어난 것이 아닐 것이다. 마찬가지로 그대가 원치 않는다고 해서 죽음이 안 찾아오지도 않을 것이다. 그대는 언젠가는 죽을 것이다. 탄생도 죽음도 그대 마음대로 되는 것이 아닌데, 그대는 그대의 삶을 마음대로 바꾸려고 한다. 어떻게 그것이 가능하겠는가?

그대가 삶을 있는 그대로 받아들인다면, 지금 당장 행복해질 수 있다. 삶의 흐름에 저항하지 말라. 그 흐름에 몸을 맡기고 유유자적하게 떠다녀라.

지켜보라. 집착하지도, 거부하지도 말고 언제나 지켜보는 자로 남아라. 어떤 일이 일어나더라도 스스로 행복해하고 지켜보는 자로 남는다면, 그대는 종국에는 깨달음에 이를 것이다.

그대가 신성(神性)임을 발견하게 될 것이다.

걱정하지 말고 행복하라!

그대는 왜 행복하지 못하는가?

그대에게는 왜 근심 걱정이 끊일 날이 없는가?

그대는 그대의 근심과 걱정이 어디서 비롯되는지 진지하게 추적해 본 적이 있는가?

만약 그대가 근심 걱정의 출처를 진지하게 조사해 본다면, 그것은 바로 '내가 있기 때문'이라는 사실을 발견할 것이다. 모든 걱정과 근심의 중심에는 '나'가 있다. 이 말을 거꾸로 표현하면, 만약 '나'가 사라지면 모든 근심과 걱정이 사라진다는 뜻이다. 그러므로 천국은 곧 다름 아닌 '나'가 없는 곳이라고 말할 수 있을 것이다.

그러나 그대는 문제의 핵심을 파헤치지는 않고, 결핍된 어떤 조건들이 충족되면 자연히 근심 걱정이 없어질 것이라는 막연한 환상을 지니고 있다. 따라서 그대가 문제의 핵심인 '나'를 진지하게 탐구하고 그 실체를 밝히지 못한다면 그대에게서 근심 걱정은 결코 떠나지 않을 것이며, 그대는 결코 행복해지지 못할 것이다.

'나'는 '내가 있다'는 것을 알고 있다.

그러나 이름과 성별, 나이, 출신 지역, 직업, 가족 관계 등등 자신을 규정하고 한정짓는 모든 개념들을 벗어던지면 '나'는 과연 무엇인가?

이 문제에 답하지 않고서는 그대는 결코 행복해질 수 없다.

'내가 있다'는 사실을 알고 있는, 마음이라고도 의식이라고도 불리는 이 주체는 존재하는 모든 것을 개념화하고 대상화할 수는 있지만 자기 자신은 대상화할 수 없다. 눈이 눈을 볼 수 없는 것과 마찬가지다. 그래서 마음은 개념을 통해 스스로를 대상화시켜 파악하게 된다. 이 과정에서 몸과 생각을 자신과 동일시함으로써 '나'라고 하는 이미지가 만들어지며, 자신이 만든 이미지에 스스로를 한정시킴으로써 그대는 고통 받는다.

깨달음은 스스로 동일시해 온 거짓된 이미지에서 벗어나는 것이며, 스스로를 협소한 개념의 틀 속에 한정시켜 온 마음이 그 틀에서 해방되는 체험이다. 꿈에서 깨어나면 꿈속의 세계가 실재하지 않는 것임을 알게 되듯이, 그대가 깨닫게 되면 스스로를 한정해 온 자신에 대한 모든 이미지가 실재하지 않음을 알게 된다. 한정된 '나'의 이미지가 거짓임이 밝혀졌으므로 '나'로 인해 야기된 모든 근심과 걱정도 자연히 사라지게 된다.

사람들에게 "행복이란 무엇인가?"라고 묻는다면 대부분 선뜻 대답하지 못한다. 그것은 행복이란 어떤 개념으로 한정될 수 없는, 모든 사람의 본연의 바탕이기 때문이다.

행복은 그대의 타고난 본모습이요, 그대의 특권이다.
다만 자신만 바로 보기만 하면 그대는 행복해질 수가 있다.
걱정하지 말고 행복하라!

내버려두라

일찍이 비틀즈 형님들이 불렀던 지혜의 말씀 "Let it be!"를 우리말로 바꾸면 어떻게 될까? 아마 "냅둬유~!" 정도가 될 것이다.

이것을 다시 노자(老子) 할아버지 식으로 표현하자면 '무위자연(無爲自然)' 정도가 되리라. 도덕경에서는 "도(道)는 아무것도 하지 않아도 이루지 못함이 없다."고 했으니, 이 가르침을 따르자면 세상사 문제를 해결하는 최선의 방책은 그대로 '내버려두는 것'일 것이다.

그러나 그대는 그냥 내버려두지 못한다. 주체로서의 '나'가 있어서 어떤 일이라도 성취하려면 시간과 노력을 들여서 애를 쓰고 분투해야만 한다고 믿는다. 그래서 어떤 목표를 설정하고 그것을 이루려고 분투하고 노력하지만 대개는 그 목표를 성취하지 못한 채 좌절하고 만다. 그래서 삶이 괴롭다.

그런데 만일 그대가 온 우주의 중심이라고 믿고 있는 '나'가 단지 그대의 생각 속에 그려진 허상에 불과하다면 어떨까? 그렇다면 그대는 무엇을 성취하려고 하는 수고로움을 접은 채, 그냥 내버려둘 것이다.

인생사와 세상사란 그대가 마음먹은 대로 되지 않는다는 진실을 일찍 터득하는 것이 삶을 행복하고 슬기롭게 살아가는 방법이다. 아니,

본질을 꿰뚫어 보면 인생도 세상도 없다. '나'가 생각 속의 허상이듯이 '인생'도 '세상'도 허상에 지나지 않는다. 그런데 무엇을 이루려고 하고, 또 무엇을 성취하지 못했다고 슬퍼할 것인가?

꿈을 보자.
그대의 꿈속에서도 스스로 '나'라고 인식하는 주인공이 등장한다. 이 주인공을 중심으로 여러 다른 등장인물들이 나타나서 이러저러한 관계 속에서 다양한 사건들을 겪는다. 그러나 꿈속의 사건들조차 하나도 그대 마음먹은 대로 되는 것은 없다. 일들은 스스로 일어날 뿐이며, 다만 그대는 그 사건을 경험할 뿐이다. 그러다 꿈에서 깨면, '나'라고 여겼던 인물도 사라지고 꿈속의 인물들과 세상도 모두 허상임이 밝혀진다.

장자(莊子)는 나비가 되어 날아다니는 꿈을 꾸다가 깨어서는 "내가 나비가 되는 꿈을 꾼 것인가, 아니면 나비가 장자가 된 꿈을 꾸고 있는 것인가?" 하고 자문한다. 진실을 말하자면, 꿈의 주체는 장자도 나비도 아니다. 꿈꾸는 자는 우리가 통상적으로 '마음' 또는 '순수의식'이라 부르는 그 무엇, 바로 진정한 그대이다.

마찬가지로 그대 또한 '아무개'라는 이름을 갖고 세상을 살아가고 있는 '행위자'가 아니다. 그대는 꿈꾸는 그 무엇이며, 그대가 '나'로 알고 있는 인물은 그대의 꿈속에 나타나는 등장인물일 뿐이다. 모든 일들은 그대의 뜻과는 상관없이 저절로 연기적(緣起的)으로 일어나며, 그대는 단지 그것을 지켜볼 뿐이다.

삶이 그대를 속인다고 해서 슬퍼하거나 노하지 말라.

삶이 그대를 속이는 것이 아니라 그대 자신이 어리석음 때문에 스스로 속이고 또 그것에 속고 있으면서도 그것을 모르고 있는 것뿐이다.

그러므로 세상사가 마음먹은 대로 되지 않을 때, 다른 사람을 탓하거나 노하기보다는 다만 이 한 마디 지혜의 말씀을 되새겨라.

"Let it be!"

4부

그대가 궁극의 진리다

그대가 궁극의 진리다.

어디에서 진리를 찾고 있는가?

찾고 있는 그대가 그대로 진리다.

그러나 그대는 아직 그대가 진리임을 보지 못한다.

모든 찾는 행위를 멈출 때,

있는 그대로 자신이 진리임을 발견하게 될 것이다.

모든 강물은 바다로 흘러든다

세상에는 수많은 강들이 있지만 모든 강은 바다로 흘러든다.
헤아릴 수 없이 많은 강들은 모두 바다로 흘러들어 하나가 된다.

바다에도 수많은 이름들이 있지만 종국에는 하나의 바다가 있다.
헤아릴 수 없이 많은 강과 바다도 그 공통분모는
단일한 '물'일 뿐이다.

진리 또한 이와 같다.
진리에 이르는 수많은 이름과 다양한 방편의 길들이 있지만
그 길을 통해 구도자가 당도하는 목적지는 동일하다.

모든 강과 바다가 단일한 물이듯이 구도(求道)에 있어
모든 방편의 길들은 '실재'라는 동일한 목적지로 그대를 인도한다.

진리는 잠시 있다 사라질 아침 이슬이나 번갯불, 신기루나
허공 꽃 같은 환영(幻影)이 아니라 언제나 있는 유일한 '실재'이다.

그대가 실재이다.
그대가 그것이다.

그대는 단지 그것을 바로 보기만 하면 된다.
그대가 실재임을 바로 보기만 하면
모든 고통과 근심, 두려움은 까닭 없는 일임을 알게 된다.
그대는 편히 쉴 수 있다.

진리는 숨겨져 있지 않다.
진리는 온전히 드러나 있으며, 존재하는 것은 진리뿐이다.
그러나 그대는 그것을 바로 보지 못하고 있다.

그러므로 구도는 참으로 있는 것, 실재를
바로 보는 것 외의 다른 것이 아니다.

그대가 그것이다.

그대가 궁극의 진리다

그대가 궁극의 진리다.
어디에서 진리를 찾고 있는가?
찾고 있는 그대가 그대로 진리다.

그러나 그대는 아직 그대가 진리임을 보지 못한다.
모든 찾는 행위를 멈출 때,
있는 그대로 자신이 진리임을 발견하게 될 것이다.

하지만 그대가 찾는 행위를 스스로 멈출 수 없다면,
그대가 진리임을 확인할 때까지 계속 찾아라.
찾기를 멈추면 그대는
영원히 눈먼 채 살다가 티끌로 돌아갈 것이다.

찾다가 도저히 찾지 못하고 절망해서
찾는 행위가 저절로 쉬어질 때,
그대가 바로 궁극의 진리임을 확인하게 될 것이다.

그대가 궁극의 진리다.
진리를 찾아서 밖으로 떠돌지 말라.
어떤 특정한 집단이나 신념의 추종자가 되지 말라.

홀로 서서 진리를 찾는 구도자로 남아라.

진리를 찾는 길로 그대를 인도한 삶이
그대를 궁극의 진리로 데려다 줄 것이다.

그대가 부여받은 깨달음의 권리를,
무한한 가능성을
절대로 포기하지 말라.

붓다의 길, 예수의 길

성경에 나오는 예수의 말씀과 불경에 실린 붓다의 법문은 겉으로 보기에는 서로 달라 보인다. 말뜻을 따라가면 두 길은 향하는 방향이 다르고 도저히 서로 만날 수 없는 것처럼 보인다.

말은 상대성의 세계다.
그러나 예수의 길과 붓다의 길이 가리켜 보이는 것은
절대성의 세계다.
절대는 상대할 것이 없음을, 둘이 아님을 가리킨다.

절대성은 말과 개념으로 드러내 보일 수가 없다.
그래서 노자(老子)는 "말할 수 있는 것은 도(道)가 아니다."라고 천명했던 것이다.

이것은 곧 말과 글로 표현된, 우리가 알고 이해하고 생각할 수 있는 모든 것은 진리가 아니라는 말이다.

따라서 성경과 불경을 제 아무리 정확하게 이해하고 해석한다고 할지라도 그것은 진리에서 어긋나며, 이를 통해 붓다와 예수를 만날 수는 없다.

진리는 이해와 해석의 세계가 아니다.
진리는 실존이며 절대성의 세계이다.
그대는 이해와 해석이 아닌, 체험을 통해
실존으로 진리와 만나야만 한다.

그때야 비로소 진리를 맛볼 수가 있다.
'진리를 아는 그대'와 '진리'가 둘이 아니므로
그대가 진리요, 절대가 된다.

그대가 절대의 자리에 서게 되면, 예수의 말씀과 붓다의 법문이 서로 다르지 않음을 알게 된다. 들어가는 문은 다르지만 목적지는 동일하다. 그곳엔 어떤 구분도 경계도 없다.

상대성의 잠에서 깨어나라!

그대는 절대이다

봄이 오면 여기저기서 아름다운 꽃들이 한꺼번에 피어난다.
활짝 핀 벚꽃을 보면서 한 번쯤 이런 생각을 한 적이 있을 것이다.
"이 많은 꽃들은 도대체 어디에서 생겨나는 것일까?"

지하철 정거장에서, 또는 붐비는 도심의 거리에서 밀려가는 사람들
의 물결을 본다.
"이 많은 사람들은 도대체 어디에서 온 것일까?"

형상으로 나타나는 이 모든 것들은 모두 어디서 왔는가?
모습 없는 허공과도 같은 절대성은 온갖 모습과 이름으로, 상대성
으로 스스로를 드러낸다.

그러나 상대성의 세계는 그 속성상 꿈속 세계와도 같다. 조건들이
만나면 생겨났다가 조건들이 흩어지면 사라지기 때문이다.

영화 속의 산과 바다, 비행기와 자동차, 도시와 사람들 모두는 필름
을 투과하는 빛이 만들어내는 것이다. 절대인 의식은 허공처럼 비어
있으면서도 꿈속에서 나타나는 인물들과 무대장치 등 모든 것을 비춰
낸다.

아무런 형상 없는 빛이 영화 속의 그 모든 이미지를 창조하듯이 허공 같은 절대성은 현상세계를 투사한다.

벚꽃이 진다.
온 산하를 화려하게 장식했던 벚꽃이 비처럼 흩어져 날린다.
헤아릴 수 없이 많은 꽃잎들은 모두 어디로 가는가?

지금까지 지상 위를 걸어 다녔던 그 많은 사람들은 모두 어디로 갔는가?

절대가 상대성으로 모습을 드러내면 벚꽃이 되기도 하고 사람이 되기도 한다. 상대성인 형상은 사라져도 절대는 눈곱만큼도 다치지 않고 그대로이다.

절대는 오지도 않고 가지도 않는다. 우주가 생겨나기 이전부터 절대는 있었고, 우주가 사라져도 절대는 그대로이다.

꽃이 피고 지는 것, 사람이 태어나고 죽는 것은 오직 겉모습의 변화일 뿐이다. 절대인 그대는 언제나 그대로이다.

절대의 차원에서는 아무 일도 없다.
생사(生死) 그대로 열반이다.
그대는 절대이다.

망상을 그치면 깨달음이다

깨달음은 어렵지 않다.
깨달음은 그대가 고생해서 얻는 것이 아니기 때문이다.

그대는 언제나 깨달음 속에 있다.
아니, 그대가 깨달음이다.
그대와 깨달음은 둘이 아니다.

깨달음은 마치 물고기가 자신이 언제나
물속에 있다는 사실을 확인하는 것과 같다.

그러나 그대는 언제나 자신이 깨닫지 못했다는 생각에 묶여 있다.
수행을 통해 특별한 경지를 얻어야만 한다는 생각에 사로잡혀 있다.
그래서 본연의 깨달음을 놓치고 있다.

물고기는 물을 찾아 헤매기 때문에
자신이 언제나 물속에 있다는 사실을 알아채지 못한다.

그대가 깨달음이다.
깨달음이 곧 의식의 속성인 알아차림이다.

알아차림 속에 모든 대상경계가 나타난다.

그러므로 의식 위에 나타나는 모든 대상경계 또한 그대이다.

알아차림이 없다면, 무엇이 존재할 수 있겠는가?

도(道)라 부르든, 법(法)이라 부르든, 마음이라 부르든,

아니면 깨달음이라 부르든,

이름 붙일 수 없는 이 하나의 알아차림이 그대 본연의 모습이다.

그러나 본연의 알아차림을 확인하지 못하면,

스스로 지어내는 망상에 속아서 고통 받는다.

진실을 말하자면 깨달음도 하나의 방편의 말이다.

망상을 그치면 그대로 깨달음이다.

깨달음은 다만 그대가 꾸는 부질없는 꿈에서 깨어나는 것이다.

꿈에서 깨어나도 꿈은 계속되지만,

그때 그대는 꿈에 사로잡히거나 가위눌리지 않는다.

담담하게 꿈을 바라볼 수 있게 된다.

침묵의 향기

"말은 존재의 집이다."
"생각도 일종의 말이다."

유명한 분석 철학자 비트겐슈타인이 남긴 말이다.
그는 언어 분석을 통해 진리에 도달할 수 있다고 보았다.

그러나 그는 투철한 지적 탐구 끝에 "말할 수 없는 것에 대해서는 침묵해야 한다."는 말을 남기고 결국 자살로 삶을 마감했다.

'말이 존재의 집'이라는 말은 결국 우리 존재가 언어의 한 부분에 지나지 않는다는 뜻이다. 이처럼 우리 세계는 말의 홍수로 넘쳐난다. 선거판에 넘쳐나는 수많은 허황된 말들, 신문을 펴고 텔레비전을 켜면 쏟아지는 말의 홍수, 인터넷에 접속하면 거기에 또한 말들로 이뤄진 끝없는 우주가 펼쳐진다.

말의 홍수와 개념의 바다 위에 둥둥 떠다니면서 무엇이 진실인지, 또 무엇을 믿어야만 하는지 모르는 채 방황하고 있는 것이 이 시대를 사는 사람들의 현실이다.

비트겐슈타인이 말한 것처럼 '생각도 말'이므로 사람의 마음 또한 말과 다르지 않다. 그래서 말이 '존재의 집'인 것처럼 착각할 수도 있다.

그러나 말은 생활에 유용한 도구는 될 수 있어도 '존재의 집'은 아니다. 오히려 말 이전의 내면의 침묵이 우리의 존재 자체이다.

비유하자면 내면의 침묵은 바다와 같고, 말은 그 위에 일어나는 파도와 같다. 말과 개념이 바로 현상세계이다. 바다에 파도가 일 듯 침묵 속에서 개념의 현상세계가 나타난다.

그대가 일단 한번 존재 자체인 내면의 침묵을 자각하게 되면 내면의 고요함은 갈수록 깊어진다. 아무리 생각하고 말을 해도 언제나 내면에 흐르는 고요함을 느낄 수 있게 된다. 말을 해도 말이 없고, 생각을 해도 생각이 없다. 말과 생각이 아무런 흔적을 남기지 않게 된다.

여기서 더 나아가면 바깥세상조차도 침묵 속에 흡수되어 버리고 오직 고요함만이 남는다. 오직 침묵뿐이다.

그러나 그 침묵은 참으로 향기롭다.

그대 이외 다른 것은 없다

깨달음은 이해해서 알 수 있는 성질의 것이 아니다.
깨달음은 이미 그대 자신이며,
그것으로부터 분리되어 있는 것은 아무것도 없다.
그런데도 그대는 그것을 알지 못하고 있다.

그대는 그대 자신을 모르고 다른 것을 자신으로 알고 있다.
주객(主客)이 전도되었으니 기가 찰 노릇이다.
그렇지 않은가?

자기 자신을 아는 데 무슨 이해가 필요한가?
그리고 자기 자신을 어떻게 이해해서 알 수 있겠는가?
이해를 하든 못 하든 언제나 자명한 것이 자기 자신 아닌가?

그런데도 그대는 언제나 자기 자신이면서 자신을 찾고 있다.
이해를 통해서, 말이나 생각을 통해서 자신을 찾고 있다.
그것은 마치 집 안에 앉아서 지도를 펴고
자기 집을 찾아가려는 것과 같다.

이해하려는 노력을 그만두면 언제나 자신이다.
그러나 그대는 이 말을 믿으려 하지 않는다.

언제나 자신이면서도 자신인 '그것'이 무엇인지를
한 번도 확인하지 못했기 때문이다.

한 번만 그대가 무엇인지를 확인하면 끝이 난다.
따라서 깨달음은 절대로 어렵지도 복잡하지도 않다.
쉽고도 단순하다.
그리고 언제나 스스로 명백하다.

누구에게 물어볼 필요도 없다.
자신이 무엇인지 누구에게 물어서 알 수 있는가?
그대가 무엇인지 아는 것은 그대뿐이지 않은가?

찾고 있는 그대가 찾아지는 그대이다.
안과 바깥이 따로 없이 의식에 나타나는 모든 것이 그대이다.

그대 이외의 다른 것은 없다.

자각은 언제나 현존한다

나는 여기서 말을 하고 있다.
그대는 또한 내 말을 듣고 있다.

나는 말을 하면서 말함에 대한 자각이 있다.
그대는 내 말을 들으면서 들음에 대한 자각이 있다.

말함에 대한 자각과 들음에 대한 자각은
아무런 내용도, 형식도, 모습도 없다.
그러나 모든 생각과 행위의 배경에 언제나 존재한다.

자각은 마치 영화 속 모든 영상의 이면에 있는 스크린과 같다.

이 순수한 자각, 알아차림은 모두 같은 자리에서 나온다.
자각은 생겨나는 것도, 사라지는 것도 아니다.
언제나 지금 여기에 현존한다.

이 자각이 의식이며, 존재이다.
이 자각이 그대의 본성이며, 진정한 그대요,
또한 동시에 나이기도 하다.

자각이 없다면 우리는 어떤 것도 존재한다고 말할 수 없다.
실재하는 것은 자각뿐이다.

그러나 그대의 자각은 언제나 생각과 행위에 가려 있다.
그대는 생각과 행위 속에 파묻혀 순수 자각인 참나를 보지 못하고
생각과 행위를 자신과 동일시한다.

의식되는 대상으로서 생각과 행위가 사라질 때,
의식은 스스로를 의식하게 되며, 순수한 자각으로 드러나게 된다.

아무런 내용과 대상이 없는,
의식 자체의 순수한 자각이 깨달음이다.

진정한 정체성

망상 가운데 으뜸가는 망상이 '나'라는 생각이다.

이 망상이 꿈과 같은 현상세계를 일으키는 주범이다.

개인으로서의 '나', '너', '그'는 모두 의식에 나타난 생각에 지나지 않는다. 그대는 그대가 '누구' 혹은 '무엇'인지를 모른다. 그대는 그대의 몸과 생각을 볼 수는 있지만 '보는 그것' 자체인 의식을 볼 수는 없기 때문이다. 자신의 정체도 모르는데 하물며 타인의 정체는 어떻게 알 수가 있겠는가?

그러므로 그대가 현실에서 겪는 모든 인간관계는 마치 그림자놀이와도 같다. 그대는 그대의 아내나 남편을 잘 안다고 생각할지 모른다. 그러나 그것은 어디까지나 그대의 '생각'에 지나지 않는다.

꿈속의 등장인물들은 서로를 모르지만, 마치 잘 아는 듯 행동한다. 꿈과 생각의 속성은 동일하다. 생각을 하는 동안은 그대는 눈을 뜨고 꿈을 꾸고 있다. 진정한 그대는 꿈꾸어지는 인물(꿈속의 나, 또는 생각 속의 나)이 아니라 그 꿈을 꾸는 의식이다.

그대는 꿈을 꾸면서 그 꿈을 지켜보고 있다. 그러나 그대는 그 꿈속 인물인 허상의 '나'를 '지켜보는 자신'으로 착각함으로써 부자유와 고통을 겪는다.

꿈속의 '나'가 꿈에서 깨어나기 위해 노력하는 것이 수행이다. 실체가 없는 허상인 꿈속의 내가 아무리 노력한다고 한들 무슨 소용이 있겠는가? 허상인 '나'를 실체로 인정함으로써 오히려 꿈은 계속될 뿐이다.

따라서 수행은, 유위적인 노력은 깨어남에 오히려 장애가 된다. 깨달음은 꿈속의 내가 실재하지 않는 허상임을 곧바로 직관적으로 확인하는 순간 일어난다. 그래서 깨달음은 언제나 느닷없이 돌발적으로 순식간에 일어난다. 마치 꿈에서 깨어나듯이.

깨어나고 보면 '나', '너' 또는 '그'는 모두 실재하지 않는 생각 속의 허상임을 알게 된다. '나'도 없고 '너'도 없다면, 무엇이 남아 있는가?

경계와 구분이 없는 주체로서의 '봄(seeing)'만이 남는다.

봄

센스 있는 사람은 대충 눈치를 챘을 것이다.
'보는 자'와 '보이는 대상'이 하나라면,
결국은 보는 자도 없고 보이는 대상도 없으며
'봄(seeing)'만이 있다는 것을.

본다는 것은 안다는 것이기도 하다.
주체와 객체가 나뉘지 않은 '봄'에는
타자(他者)라는 것이 존재할 수 없다.
타자가 없다는 것은 유일하다는 것이며 전체라는 말이다.

'봄'은 대상화되지 않으며 따라서 하나뿐인 전체이다.
'봄'이 곧 궁극적인 실재인 절대이다.

주체와 객체가 나뉘지 않은 '봄'이 그대의 참된 정체성이다.
'봄'은 모든 존재의 본성이다.

그대의 본성을, 전체성을 발견하기 전까지는
그대는 분리된 자아로 남게 될 것이다.
그래서 필연적으로 죽음의 공포에 직면할 것이다.

그대는 나뉘지 않은 '봄'이며, 전체이자 궁극이다.

따라서 그대 외에 '다른 것'이나 '다른 사람'은 존재하지 않는다.

'봄'에 안주하라.

거기에 진정한 평화가 있다.

그대는 본래부터 깨달아 있다

그대는 모든 사람이 이미 깨달아 있다는 말에 공감하는가?

모든 사람이 이미 깨달아 있다면, "왜 나는 아직 그것을 알아차리지 못하고 있는가?" 하며 분통을 터트린 적은 없는가?

그대는 안다.

밥 먹을 때는 밥 먹는 줄, 걸을 때는 걷는 줄, 그림을 볼 때는 보는 줄, 음악을 들을 때는 듣는 줄, 생각할 때는 생각하는 줄을 안다.

그런데 이 모든 행위를 아는 '이것'이 정확히 무엇인 줄은 모른다.

단순히 '마음' 또는 '나'라고 여긴다.

그러나 이 또한 생각에 불과하다.

행위를 하면서 행하고 있는 그 자체를 알아차리는 '이것'이 무엇인가? '이것'은 의식하는 주체여서 의식의 대상으로 나타나지 않는다.

그러나 알아차리는 '이것'은 언제나 실재함을 안다. '이것'이 없다면 어떠한 인식도 불가능할 뿐만 아니라 존재 자체도 없다. 이 '알아차림'이 각성 또는 자각, 깨달음이다. 이 알아차림은 또한 스스로를 알아차릴 수 있지만, 그것이 알아차림의 대상으로는 나타나지 않는다. 때문에 아무런 개념이나 이름, 내용이 없는 그냥 순수한 '알아차

273

림'일 뿐이다.

　이 순수한 알아차림이 '순수의식'이다. 이것은 본성, 자성, 본래면목, 불성, 마음 등으로 일컬어지기도 하며, 인간과 동물, 심지어는 식물까지도 이 순수한 알아차림을 지니고 있다.

　그대는 왜 이 순수한 알아차림을 깨닫지 못하는가? 그것은 생각 때문이다. 생각한다는 것은 순수의식이 대상을 언어와 개념으로 그려내는 것이다. 그러나 그대는 생각을 실재와 혼동한다. 생각과 실재를 혼동하는 것은 지도를 영토로 착각하는 것과 같다.

　데카르트는 "나는 생각한다. 고로 존재한다."라고 말했다. 그러나 생각은 존재가 아니다. 생각을 지켜보는 알아차림이 진정한 존재이다. 알아차리는 순수의식을 자각하지 못하면, 스스로 생각으로 그려낸 그림을 실재로 착각하게 된다.

　그대가 날 때부터 지니고 있는 순수의식, 본래면목을 한 번만 제대로 온몸으로 확인한다면, 이후로는 의식의 내용물을 순수한 알아차림인 자신과 혼동하지 않게 된다. 그대가 원래부터 순수한 알아차림임을 확인하는 것이 깨달음이다.

　순수한 알아차림이 본성이다. 알아차림이 없는 사람은 없다. 그래서 모든 사람이 본래부터 깨달아 있다고 말하는 것이다.

　진정한 그대는, 알아차림은 형상이 없다. 그러므로 순수의식은 언

제나 대상을 통해 확인된다. 순수의식과 대상경계는 둘이 아니다. 색
(色)이 곧 공(空)이요, 공이 곧 색이다.

결국 깨달음으로 확인하게 되는 것은, 존재하는 모든 것이 순수의
식의, 알아차림의 현현이며, 그러므로 있는 그대로 진리요, 참이라는
절대 긍정이다.

그대가 모든 것이다.

미혹 그대로 해탈이다

진리의 세계와 현상세계는 둘이 아니다.
있는 그대로 진리 아님이 없으며,
서 있는 곳이 모두 참 아닌 곳이 없다.
존재하는 모든 것이 마음이요, 나이다.
이는 절대성 견지에서 바라봄이다.

그러나 현상세계, 상대성 견지에서는 엄연히
천차만별의 차이가 있다.
너와 나가 있고 온갖 것들이 있다.

그렇지만 절대 세계와 상대 세계는 둘이 아니다.
모든 것은 하나로 돌아가고, 하나는 또한 모든 것으로 나타난다.

절대 그대로가 상대이며, 상대 그대로가 절대이다.
절대성은 상대성을 떠나서는 표현될 수 없고,
상대성은 절대성을 떠나서는 존재할 수 없다.

구도가 절대성에 안주하는 것만을 목적으로 한다면 불완전하다.
모든 번뇌로부터 벗어나서 다시는 윤회하지 않겠다는
소아(小我)적 범주에 갇혀 버린다.

절대성을 깨달았으면 현상세계로 다시 돌아와야만 한다.
그래야 순환의 사이클이 완성된다.

혼탁한 세상 그대로 정토(淨土)임을 깨쳤다면,
다시 사바세계로 돌아오지 못할 이유가 어디 있는가?

절대성이 자신의 본성임을 알면서
상대성의 세계에서 추호의 거리낌 없이 살아가는 것,
그것이 중도(中道)의 삶이요, 구도의 완성이다.

깨닫기 전에는 생각마다 미혹이지만,
깨닫고 나면 미혹 그대로가 해탈이다.

미혹도 깨달음도 헛된 말에 지나지 않으며,
모두가 하나인 참된 진리의 세계이다.

그대는 홀로 있다

행복은 관계 속에 있지 않다. 진정한 행복은 홀로 있음에 있다. 그대가 생각하는 '관계'란 그대의 생각이 만든 허상이다. 관계는 진정한 행복을 가져다줄 수가 없다.

사람은 혼자 살 수는 없지만, 그렇다고 해서 인간관계가 행복을 가져다주지는 않는다. 그러나 그대는 관계 속에서 행복을 찾고 있다. 그대는 행복을 어떤 조건들의 충족과 같은 대상에서 찾고 있다. 그대가 내면에서 항상 무엇인가 허전하고 불행하게 느끼는 것은 이 때문이다.

그대에게는 '나'도 하나의 대상이며, 아내나 남편, 연인, 혹은 친구나 가족 등 타인도 또한 생각의 대상이다. 그대가 생각하는 타인과의 관계란 결국 그대가 '생각으로 그려낸 그림'이라는 말이다.

따라서 관계란 고정불변적인 실체가 아니다. 언제나 상황과 대상에 따라 달라지는 가변적이며 임시적인 것이다. 그런데도 그대는 그 가변적이며 임시적인 관계 속에서 영원한 사랑과 행복을 찾고 있다.

관계 속에서 행복을 찾는 것은 불가능하다. 생각으로는 결코 타인을 알 수 없기 때문이다. 그대는 단지 머리로 그려낸 개념을 통해 타인을 안다고 착각하고 있다. 이는 허상을 좇고 있는 것이다.

비록 그대가 한 남자 또는 한 여자와 50년을 함께 산다고 해도 상대를 결코 알 수가 없다. 그 상대 또한 그대를 알 수 없는 것은 마찬가지다.

꿈속에서는 그대가 '나'라고 생각하는 주인공과 또 생시에 알고 지내는 사람, 혹은 전혀 모르는 사람들도 등장한다. 평소에 친하고 잘 아는 사람조차도 전혀 모르는 사람처럼 행동하거나 낯설게 느껴지기도 한다. 그대는 그 사람을 잘 안다고 생각하나 그 사람은 그대를 모른다. 꿈속에 나타나는 '나'도 철수와 영희도 서로를 모른다. 이들은 모두 그대가 만들어낸 인물들이기 때문이다.

꿈에서 깨는 순간 '나'도 사라지고 철수도 영희도 사라진다. 그 순간 그대는 꿈속의 '나'도 철수와 영희도 모두 마음이 지어낸 허상임을 알게 된다. 그대가 현실세계라고 여기는 생시에서의 인간관계도 이와 다를 것이 없다. 이처럼 허상으로 지어낸 가공의 관계 속에서 그대는 영원한 행복을 찾고 있다. 그러니 어떻게 행복할 수 있겠는가? 수많은 관계들이 종내는 불행과 비참함, 서로에 대한 환멸과 저주로 파국을 맞게 되는 것은 바로 이 때문이다.

그렇다면 허상이 아닌, 꿈이 아닌 진정한 관계란 어떤 것이며 어떻게 가능한가, 하고 그대는 물을 것이다. 그대가 꿈에서 깨어났을 때, 더 이상 그대의 생각으로 상대를 그려내지 않을 때, 그대는 더 이상 관계에 집착하지 않게 된다. 그때 비로소 진정한 홀로 있음이 시작된다.

그대도 홀로 있고 모든 사람이 홀로 있다. 그러나 그 홀로 있음은 진정 외롭지 않다. 그 홀로 있음은 전체이자 모든 것이기 때문이다. 그것이 그대의 본래면목이며, 그대가 찾아야만 하는 진정한 행복이다.

그대는 의식의 한 초점이며, 타인 또한 그러하다. 헤아릴 수 없이 많은 초점들이 서로를 비추며 전체 존재계를 이룬다. 여기에는 '나'도 없고 '너'도 없다.

자신에 대한 이미지를 버려라

그대는 마음속에 자신에 대한 이미지를 가지고 있다. 이른바 에고 또는 아상(我相)이라는 것이다. 그러나 그대는 자신의 이미지에 대해 만족스러워하지 않는다. 왜냐하면 그대는 '지금'에 만족하지 못하고 언제나 지금과는 다른 미래의 모습으로 옮겨가기를 원하기 때문이다.

그래서 그대는 자신의 이미지에 대해 부정적이다. 자신의 이미지에 대한 부정적인 느낌은 그대에게 고통을 안겨준다. 따라서 만약 그대가 자신의 이미지를 있는 그대로 긍정하고 받아들인다면, 고통을 겪지 않을 것이다.

그래서 카운셀러들은 그대에게 자신의 이미지를 긍정하고 사랑하라고 조언하는 것이다. 그러나 과연 그대는 자기 자신을, 자신의 이미지를 사랑할 수 있는가?

그대가 생각하는 '자기 자신'이라는 것은 생각으로 만들어낸 허상에 불과하지 않은가? 있지도 않은 그림자를 어떻게 사랑할 수 있겠는가? 그대가 만일 자기 자신을 사랑한다면, 그것은 있지도 않은 허상을 사랑한다는 또 다른 망상 속에 빠지는 것과 다르지 않다. 그러나 불행히도 많은 사람들이 이 같은 망상 속에서 살아가고 있다.

근본적인 문제는 자신에 대한 이미지에 있다. '나'라고 생각하는 이미지가 사라져야만 비로소 그대는 자유로울 수 있다. 자신에 대한 이미지를 실체로 알고 있는 동안은 결코 고통에서 벗어날 수가 없다.

자신을 미워하지도, 사랑하지도 말고 자신이라는 이미지를 버려라. 그것이 그대가 자유로울 수 있고 고통에서 벗어날 수 있는 유일한 길이다.

그러나 생각에서 벗어나는 체험이 없이는 결코 자신에 대한 이미지에서 자유로울 수가 없을 것이다. 자신에 대한 이미지가 허상임을 깨치는 것이 깨달음이다. 자신이 만들어낸 자신의 이미지가 허상임을 알기만 하면, 그대는 자유로울 수가 있고 사랑 속에 머물 수가 있다.

그대는 자신을 사랑할 수가 없다.
다만 자신을 버릴 수만 있다.

그대가 자신에 대한 가공의 이미지에서 벗어날 때, 역설적으로 그대는 존재하는 모든 것이 '나'임을 발견하게 될 것이다. 어떠한 행위 없이도 사랑 속에 있음을 알게 될 것이다.

동일시의 꿈에서 깨어나라

동일시(同一視)란 무엇인가?
의식의 대상을 자신 혹은 자신의 것이라고 여기는 것이다.
동일시는 현상세계를 연출하는 의식의 주요한 특성이다.

그대는 의식이다.
의식은 보는 눈이면서 동시에 주체이다.
그대에게 의식이 있는 것이 아니다.
그대가 바로 의식이다.

그대는 의식 자체인 자신을 확인하지 못했다.
그대는 무엇이 진정한 자신인지 모른다.
그래서 의식의 대상을 자신과 동일시한다.
몸과 동일시하고, 생각과 동일시하며, 느낌과 동일시한다.

동일시는 이처럼 정체성의 혼동을 낳는다.
자기 정체성의 혼동이 무명(無明)이요, 무지다.
자기가 아닌 것을 자기로 착각하는 것이 동일시다.

동일시에서 벗어나려면 눈이 눈을 확인하는 수밖에 없다.
의식이 스스로를 알아차려야 동일시에서 벗어날 수가 있다.

의식이 대상과의 동일시에서 빠져나와 스스로를 자각하는 것이
깨달음이다.

'깨어 있다'는 것은 어떤 동일시도 없이
의식이 자각 속에 있다는 것이다.
의식의 자각 속에서, 동일시가 없는 깨어 있음 속에서
그대는 '개체'라는 꿈에서 깨어날 수가 있다.

마음은 없다

마음은 실체가 없다.
마음은 사물이 아니라 하나의 현상이기 때문이다.

마음은 파도와 같다.
파도는 겉으로 보기엔 실체가 있는 것처럼 보인다.
그렇지만 실제로는 바닷물의 출렁거림일 뿐이다.
파도는 항상 변화의 과정에 있으며 고정된 실체가 없다.

마음 또한 그러하다.
마음은 하나의 진행 과정이며,
마음을 이루는 구성 요소는 생각이다.
엄밀히 살펴보면 마음은 존재하지 않는다.
존재하는 것은 생각뿐이다.

생각이 연속해서 이어지기 때문에 그 생각의 흐름을
마음으로 착각한다.
마음은 마치 영화를 보는 것과 같다.
영화를 구성하는 것은 낱낱의 정지된 사진들이다.
정적인 사진들을 고속으로 돌리면
그것이 마치 살아서 움직이는 것처럼 보인다.

눈의 잔상 효과 때문이며, 그것은 일종의 착시 현상이다.

한 생각이 나타났다 사라지면 또 다른 생각이 나타난다.
생각의 흐름은 꼬리에 꼬리를 물고 끝없이 이어진다.
그러나 그대는 생각과 생각 사이의 틈을 보지 못한다.
그래서 마음이 실재하는 것처럼 착각한다.

마음은 생각들의 집합 이외에 다른 것이 아니다.
'나의 마음' 같은 것은 존재하지 않는다.
다만 낱낱의 생각들만 있을 뿐이며, 그 생각들 또한 내 것이 아니다.
그대는 생각을 지켜보는 의식이지 생각이 아니기 때문이다.

생각은 그대가 의도하지 않아도 그대에게 나타난다.
그대는 생각을 통제할 수 없다.
생각을 통제하려는 것 또한 생각이기 때문이다.
생각을 통제하려 하면 할수록 생각은 더욱 치성하게 일어난다.

마음을 다스리기 위해서 그대가 할 수 있는 일은
오직 생각을 지켜보는 것뿐이다.
떠오르는 생각들을 지켜보되 관심을 기울이지는 말라.
그냥 무심히 하늘에 떠가는 구름을 지켜보듯 지켜보라.

생각들을 지켜보는 것이 명상이다.
생각을 지켜본다는 것은 생각과 동화되지 않는다는 것이며,
지켜보는 자로 남는다는 것이다.

생각을 지켜보는 내면의 공(空)이, 텅 빈 알아차림이,
지금 여기에서 감지되는 존재감이 참나이다.

생각은 왔다가 간다.
하늘의 흰 구름처럼 흘러왔다가 흘러간다.

그러나 진정한 나는 그것을 지켜보는 알아차림이다.
나는 생각이 아닌 것이 명백하다.

생각이 거기에 있지만
생각은 더 이상 나의 주인 노릇을 할 수가 없다.
이제 생각으로 인한 혼란과 어지러움은 점점 자취를 감춘다.
내면에는 고요하면서도 또랑또랑한 중심이 자리를 잡는다.

마음을 다스리려 할수록 마음에 사로잡힌다.
다만 생각에 대해 무관심해져라.

그러면 마음은 자연스럽게 사라진다.

그대가 빛이다

깨달음은 일상적인 앎이나 이해와는 다르다.
그것은 단순한 지식 축적의 결과가 아니다.

깨달음은 '안다'와 '모른다'를 넘어서서
그 모두를 포괄하는 알아차림이다.
그것은 전혀 모르고 있던 것을 새롭게 아는 앎이 아니다.
예전부터 이미 그 속에 있어 왔음을 확인하는 앎이다.

마치 물고기가 자신이 물속에 있다는 것을 모르고 있다가
문득 자신이 물속에 있음을 깨닫는 것과 같다.
물을 떠나서는 살 수 없음을 발견하는 것과 같다.

따라서 깨달음은 아무것도 새롭게 얻을 것은 없다.
물고기가 자신이 물속에 있음을 새삼스럽게 알았다고 해서
새롭게 얻을 무엇이 있겠는가?

아무것도 얻을 것은 없지만
깨달음은 그대에게 근본적인 변형을 가져다준다.
눈앞의 세상은 이전의 세상 그대로이지만 완전히 다르게 보인다.
깨달음으로 인해 그대 자신이,

그대가 바라보는 시각 자체가 변하기 때문이다.

꿈에서 깨면 다시 생시라는 꿈속으로 깨어나지만
깨닫게 되면 이제는 그것이 꿈이라는 것을 알면서 살아가게 된다.

그대는 지금 눈을 감고 있다.
세상 어디에도 빛이 보이지 않는다고 외치고 있다.

그러나 어둠은 본래부터 존재하지 않는다.
다만 눈을 뜨기만 하면 보이는 것은 온통 찬란한 빛뿐이다.
눈을 떠라.
단지 감고 있는 눈을 뜨기만 하면 된다.

그대가 빛이다.

멈추고 돌아보라

세상의 어떤 것도 영속적인 것은 없다.

술이나 마약, 감각이 가져다주는 쾌락은 잠시 지속될 뿐이다. 깨고 나면 갈증만 더하게 된다. 쾌락을 추구할수록 갈증은 더 심해지며 급기야는 중독에서 벗어나기 힘들다. 그대가 만일 쾌락만을 추구한다면 결국은 쾌락의 노예로 전락하고 말 것이다.

재물과 명예와 같은 외적인 대상에 대한 추구도 마찬가지다. 재물과 명예는 신기루와도 같다. 쫓아가면 쫓아갈수록 한걸음씩 뒤로 멀어지다가, 끝내는 그것들이 헛된 환영임을 깨닫게 될 것이다.

본래부터 그대의 것이 아닌 것은 모두 헛된 것이다.
풀잎 위에 맺힌 이슬이나 아지랑이와 같다.

본래부터 그대인 것만이 지속 가능한 것이다.
본래면목만이 그대에게 영속적인 평안과 고요를 가져다준다.

참나의 평화는 외부의 조건에 영향을 받지 않는다.
그저 존재하는 것만으로도 잔잔한 평화가
물결처럼 그대를 감쌀 것이다.

행복과 평화를 찾아서 멀리 갈 필요는 없다.
어떤 조건들이 충족되어야 할 필요도 없다.

행복을 찾아서 밖으로 헤매는 그대는
마치 물속에서 목말라하는 물고기와도 같다.
다만 걸음을 멈추고 자신을 돌아보라.

찾는 행위를 멈출 때, 추구함을 멈출 때,
행복과 평화는 언제나 그대 곁에 있다.
행복과 평화는 그대의 본성이기 때문이다.

둘이 아닌 진리의 길

절대는 전체이고 온전한 하나이지만 스스로를 알기 위해 자신을 현현(顯現)시켜 상대가 된다. 절대는 실재이고 상대는 현상세계이다.

절대는 모습도 크기도 색깔도 냄새도 없지만, 상대는 모습과 이름을 지닌 모든 것이다. 그러나 절대와 상대는 둘이 아니다. 상대는 절대 없이 존재할 수 없으며, 절대는 상대 없이 스스로를 인식할 수 없다.

허공과도 같은 절대가 현상세계를 명백하게 드러낸다. 그러나 현상세계는 자체성이 없으므로 마치 꿈과 같고 신기루와 같다. 따라서 현상세계는 있다고도 할 수 없고, 없다고도 할 수 없다.

상대 그대로가 절대이며, 절대 그대로가 상대이다.
온갖 모습과 이름을 지닌 현상세계 그대로가 진실 아님이 없다.

그대는 모습으로 드러난 절대이다.
절대이면서 동시에 상대이다.

그대가 절대에만 머물면 진리는 드러날 수 없으며,
상대에만 머물러도 실상에 대한 무지로 인해 맹목적이 된다.

따라서 절대와 상대, 어느 쪽에도 치우치지 말아야 한다.
양쪽을 모두 포용하면서 동시에 비추는 슬기로움이 요구된다.
이것이 둘이 아닌 진리의 길이다.

깨달음에 대해 개념적으로 알아야 하는 이치는 이것이 전부이다.
그러나 이 도리는 그대가 본성에 계합해야만
이해할 수 있는 것이다.
생각으로 알 수 있는 것은 아니다.
중도는 존재의 실상이기 때문이다.

세상은 환영에 불과한가

동서양을 막론하고 예로부터 전해 내려오는 비이원론의 가르침들에서는 한결같이 '세상은 환영(幻影)'이라고 가르치고 있다.

우파니샤드를 비롯한 베단타 철학에서도 '세상은 마야'라고 가르치고 있다. 금강경에서도 붓다는 "만약 모든 모습들이 모습이 아님을 본다면, 즉시 여래를 보리라."고 설파한다.

두 눈에 명백히 보이는 이 세상이 과연 신기루 같고 아지랑이 같은 환영에 불과하다는 말인가? 눈에 보이는 이 세상이 환영에 불과하다면 환영이 아닌 진실한 세상은 어디에 있는가?

그대가 아직 실상을 깨닫지 못하고 미혹 속에 있을 때는 이 말은 진실하다. 그것은 꿈에서 깨어나면 꿈속의 세계가 모두 환영에 지나지 않는 것과 같다.

그대는 실제의 세상을 얇은 생각의 막으로 덮어씌워서 자신만의 꿈의 세상을 창조한다. 그리고 그 속에 앉아서 그것을 실재하는 세상으로 착각한다. 따라서 이 같은 전도몽상을 깨뜨려 주기 위해서는 세상이 환영이라고 일러 주어야만 한다.

그러나 진실로 꿈에서 깨어나게 되면, 실상을 깨닫게 되면, 눈에 보이는 세상이 그대로 진실함을 알게 된다. 깨달은 후의 사람과 깨닫기 전의 사람이 같은 사람이듯, 깨달은 후에 눈에 보이는 세상도 깨닫기 전의 세상과 다름이 없다.

그렇지만 눈에 보이는 세상은 더 이상 그대와 별개로 존재하는 개별적인 실체가 아님을 알게 된다. 모든 것이 그대의 마음(본성, 진여, 참나)의 현현임을 깨닫게 된다. 그러므로 눈에 보이는 모든 것이 진리요, 궁극의 실재가 아닌 것이 없다.

환영은 실재하지 않는다. 다만 그대 눈에 눈병이 나서 헛것을 보고 있기 때문에 이 세상이 환영이라고 말해 주어야만 하는 것이다. 그대의 눈병이 낫게 된다면, 세상은 있는 그대로 진실하다는 것을 스스로 알게 된다.

시작과 끝은 같다

마음공부는 시작과 끝이 같다.
공부를 마치면 다시 처음으로 되돌아온다.

그대는 이렇게 물을 것이다.
"그렇다면 구태여 힘들게 공부할 필요가 있나요?"

그대가 공부를 마치게 되면 다시 있던 그 자리로 되돌아오게 된다.
세상은 그대로이다. 아무것도 변한 것이 없다.

그러나 그대가 변한다.
이전의 그대는 죽고, 전혀 다른 새로운 그대로 다시 태어난다.

모든 것이 새롭다.
그대가 보는 세상은 더 이상 이전의 세상이 아니다.

세상은 원래부터 아무런 문제도 없다.
오직 그대 자신이 문제일 뿐이다.

세상을 바꾸려는 모든 혁명이
종국에는 실패로 끝나는 것은 이 때문이다.

그대가 변하기 전에는 세상도 바뀌지 않는다.

그러니 세상을 바꾸려고 하지 말고 자기 자신을 혁명하라.
외부의 혁명은 허구이며 가능하지도 않다.

오직 내면의 혁명만이 진실하며 실현 가능하다.
내면의 혁명은 어렵지 않다.

감고 있는 눈을 뜨고
있는 그대로의 자신을 바로 보기만 하면 공부는 끝이 난다.
그대가 서 있는 그 자리가 바로 깨달음의 자리다.

사후세계는 있는가

한 일간지에 흥미로운 기사가 실렸다. 최근의 한 과학적 연구에 의하면 임사체험(臨死體驗)은 마치 자면서 꾸는 꿈과도 같다는 것이었다.

미국의 유체이탈 체험 연구센터는 임사체험이 사실은 꿈의 일종일 수 있다는 연구 결과를 발표했다. 임사체험은 사고나 병으로 장기간 의식을 잃었다가 다시 소생한 사람들의 체험담 가운데 발견되는 공통점 때문에 그것이 사후세계의 존재를 증명하는 것처럼 회자되어 왔었다.

전형적인 임사체험을 보면, 체험자들은 보통 긴 빛의 터널을 통과한 뒤에 그 끝에서 이미 사망한 자신의 가족, 친지 또는 지인을 만나기도 한다. 또 천사나 초월적 존재들의 마중을 받기도 하지만 남겨둔 자식이나 끝마치지 못한 일 때문에 이쪽 세상으로 다시 되돌아왔다는 내용 등이 주류를 이룬다.

연구센터는 우선 각각 10~20명의 자원자로 이뤄진 4개 집단의 사람들에게 자각몽을 꾸게 하는 훈련을 시켜 꿈속에서 유체이탈이 가능해진 사람들을 선별했다. 다시 이들에게 임사체험의 전형적인 이야기를 꿈꾸라고 지시하자 놀랍게도 18명의 참가자가 실제로 그런 체험을 했다고 보고했다.

이 연구를 주도한 연구센터 소장은 "실험자들은 빛의 터널을 통과하거나 사망한 가족을 만나기도 했다고 증언했다. 임사체험은 자각몽으로 판단되며 사후체험의 증거는 아니다."라고 설명했다.

이 연구가 시사하는 바는 임사체험도 사전에 의식에 입력된 데이터(정보)가 꿈의 형태로 재현되는 것이므로 사후세계가 존재한다는 증거로 볼 수 없다는 것이다. 마치 자면서 꾸는 꿈 또한 평소의 무의식 속에 저장된 정보가 꿈의 형태로 재현되면서 그것을 체험하게 되는 것처럼.

이승과 저승, 임사체험, 윤회 등 각 문화마다 존재하는 사후세계에 대한 수많은 이야기들은 모두 생각 또는 마음의 차원에서 겪는 체험일 뿐이다. 그것들은 마음이 빚어내는 이미지요, 환영이다.

의식에는 마음(생각과 상상) 차원을 넘어서 그것을 가능케 하는 시원의식이 있으며, 그것이 순수의식이요, 실재이다.

실재는 태어남이 없으므로 죽음도 없다. 그러므로 실재의 차원에서는 영속되는 삶만 있지 사후세계라는 것은 존재하지 않는다.

그대가 실재이므로 그대에게 사후세계란 존재하지 않는다.

지금

시간은 어디에 있을까?
그대는 시간을 보았는가?

째깍째깍 돌아가는 초침은 시간이 아니다.
시간은 형체가 없다.
마음 밖에서는 시간을 찾을 수 없다.
이 말은 곧 마음이 없이는 시간도 없다는 말이다.

과거의 마음도, 미래의 마음도, 현재의 마음도
찾아보면 찾을 수가 없다.
시간은 곧 마음속에, 생각 속에만 존재하는 '개념'이기 때문이다.
따라서 생각이 사라지면 시간 또한 사라진다.

의식의 초점이 과거와 미래를 오가지 않고 지금에 머물면
생각이 사라진다.
이것이 명상 또는 선정(禪定) 속에 숨겨진 비밀이다.

번뇌는 시간 속에만 깃들 수 있다.
시간이 없는 곳에는 번뇌도 없다.
그러므로 시간이 없는 그 자리가 바로 정토요, 천국이다.

깨달음은 별다른 것이 아니다.
바로 '지금'이 그대의 본성임을 깨치는 것이다.

지금은 시간에 속한 어떤 지점이 아니다.
지금은 현재와도 다르다.
현재 또한 개념에 불과하기 때문이다.

지금은 시간을 벗어나 있다.
지금은 시작도 없고 끝도 없다.
지금이야말로 영원으로 가는 문이다.

그대는 언제나 '지금' 존재하지만
생각은 그대를 과거와 미래, 현재라는 환상 속으로 데리고 간다.
시간을 의식하는 순간 그대는 진흙탕 속으로 곤두박질친다.

이 순간
고요하고 생각 없는 그 자리가 '지금'이다.
시간이 멎은 그 자리가 '지금'이다.

지금에는 머물려고 해도 머물 수가 없다.
시간을 벗어난 그 자리에 어떻게 머물 수 있겠는가?

머물려고 해도 머물 수 없고
벗어나려고 해도 벗어날 수 없는
지금이 그대의 본래면목이다.

여기

'여기'는 어딜 가야만 찾을 수 있을까?
그대는 '여기'에 가 본 적이 있는가?

여기는 동서남북 사방팔방, 어느 방위에도 속해 있지 않다.
여기는 지구 위의 어느 한 지역에서도,
우주의 어느 한 모퉁이에서도 찾을 수가 없다.

여기는 공간 속의 한 지점이 아니다.
그래서 찾을 수가 없다.
찾지만 않으면 어느 곳이든 여기 아닌 곳이 없다.

여기에서 삼라만상이 나타났다가 사라지고
끊임없이 생겨난다.

일어났던 모든 일과
일어나고 있는 모든 일,
일어날 모든 일이 펼쳐지는 그곳이 여기다.

어디든 여기 아닌 곳이 없지만
굳이 여기라고 일컬을 곳은 없다.

여기에는 안과 밖이 따로 없다.
구분 지을 수 있는 어떤 경계도 없다.
텅 비어 있으면서도 가득 차 있고
가득 차 있으면서도 텅 비어 있다.

여기에는 어떤 소리도 들리지 않는다.
여기에는 언제나 침묵만이 있지만
모든 소리는 여기에서 생겨난다.

여기에는 시간이 흐르지 않는다.
그래서 과거도, 현재도, 미래도 없다.

여기에는 오직 지금만이 있다.
여기와 지금은 다른 것이 아니다.

하나의 참된 세계

오직 하나인 참된 세계이다.
절대 무차별의 존재의 실상(實相)이다.

무엇이 하나의 참된 세계인가?
의식이다.

의식 밖에 다른 것은 없다.
그대가 의식이다.

온 산하에 벚꽃이 활짝 피었다.

생각 없이 바라보라.
저 벚꽃들도 의식 밖에 있지 않다.

그대가 벚꽃이다.
그대는 이미 있는 그대로 깨달아 있다.

작용은 있으나 실체는 없다

마음은 아무리 찾으려 해도 찾을 수가 없다.
마음은 작용은 있으나 실체가 없다.

찾고 있는 그것이 바로 마음이기 때문이다.
눈이 눈을 볼 수 없는 것처럼 마음은 마음을 볼 수가 없다.
그런데 왜 견성이라고 말하는가?

그대의 모든 감각 대상과 인식 대상이 사라지고
생각의 길이 막혔을 때,
존재의 실상은 드러난다.

그것은 시각적 체험으로서의 '보는' 것은 분명히 아니다.
모든 것이 텅 비어 있다는 즉각적이며 대상 없는 자각이다.

한 순간 모든 것이 사라지지만 텅 빔의 자각은 분명하고 뚜렷하다.
텅 빈 알아차림이야말로 언제나 있어 온,
언제나 있을 '그것'임을 즉각적으로 알게 된다.

폭싹 속았수다

사람들은 묻는다.

"무엇이 궁극적이고 완전한 깨달음입니까?"

벽공이 대답한다.

"본래 아무 일도 없는 것입니다."

"네에? 뭐라고요? 본래 아무 일도 없는 것이라뇨? 설마 그럴 리가…??"

아무도 믿으려 하지 않는다. 깨달음을 무언가 신비하고 거창하며, 보통 사람들은 감히 넘볼 수 없는 대단한 것으로 알고 있고 또 그렇게 들어 왔기 때문이다. 그래서 그 대단한 깨달음을 얻기 위해 누구는 처자식도 버리고 산에 들어가기도 하고, 누구는 또 토굴 속에 들어가 먹지도 자지도 않는다.

그런데 아무 일도 없는 것이 완전한 깨달음이라니 누가 믿으려 하겠는가? 그러나 어쩌랴? 진실로 본래 아무 일도 없다.

꿈에서 깨어나면 꿈속에서 펼쳐졌던 그 파란만장하고 구구절절한 사연들이 한 순간에 사라지고 본래 아무 일도 없었음을 아는 것과 같다.

그대가 깨닫는 순간, 여전히 눈앞에는 세상이 나타나고 온갖 사건들이 파노라마처럼 펼쳐지지만 그것들이 꿈처럼 텅 비어 있는 것임을 알게 된다. 유사 이래 온갖 일들이 일어났지만 아무 일도 일어난 적이 없고 그대 또한 결코 태어난 적이 없음을 알게 될 것이다.

그 순간 그대는 이렇게 외칠 것이다.

"앗! 속았구나! 본래 아무 일도 없는데 그렇게 헐떡거리며 무엇을 찾아왔단 말인가?" 그리고는 배꼽을 잡고 웃을 것이다.

잃어버린 집을 찾아 그토록 헤매었는데 막상 눈을 떠 보니 집 안에 앉아 있는 것이 아닌가? 이럴 수가?

본래 아무 일도 없음을 알게 되면 공포와 두려움, 근심과 걱정이 자연스럽게 사라진다. 그대는 본래 완전하지만, 생각은 그대를 그대로 내버려두지 않는다.

완전하다는 것은 분리되지 않는 전체요, 하나라는 말이다.

그대가 하나님이요, 존재하는 모든 것이다.

세상 속에 그대가 있는 것이 아니라, 그대 안에 세상이 있다.

그러나 생각은 그대를 전체에서 분리시켜 꿈속에서 집을 찾아 헤매게 만든다. 꿈에서 깨고 나면 깨달음이라는 것도 빈 말이요, 얻은 것도 잃은 것도 없고 본래 아무 일도 없음을 알게 된다.

하나의 태양이
모든 것 속에서 빛난다

태양이 떠오르면 그대는 세상의 모든 거울과 바다와 강, 웅덩이, 빛을 반사할 수 있는 모든 것 속에서 제각각의 태양을 본다.

헤아릴 수 없이 많은 태양이 있는 것처럼 보이지만, 진실은 단 하나의 태양이 있을 뿐이다.

나뭇가지 위에서 지저귀는 새들, 물속을 헤엄치는 물고기들, 소파위에서 졸고 있는 고양이, 지하철 정거장의 수많은 사람들에게서 그대는 제각각 다른 모습을 본다.

이 모든 생명을 살아 있게 하고 스스로 존재함을 알게 하는 의식은 하나이며, 따라서 아무런 차이가 없다.

모든 것 속에 하나가 있으며, 하나 속에 모든 것이 있다.
이것이 그대의 참된 정체이다.

그대가 모든 것이며, 그대 이외 다른 것은 없다.

영성의 시대

21세기는 영성(靈性)의 시대다.

인류는 진화 과정에 있어서 바야흐로 본격적으로 영성이 꽃피는 시절을 맞고 있다. 이는 궁극의 근원인 의식 자체가 깨어나고 있기 때문이며, 따라서 이 흐름은 누구도 거부할 수 없다.

인류는 지금 교통과 통신, 과학 문명의 비약적인 발전으로 인해 지구 전체가 동시성 속에서 하나의 문화와 생활권으로 재편되는 과정에 있다. 이 과정에서 종교란 이름으로 인간의 의식을 지배해 왔던 '생각의 패러다임'의 실체가 낱낱이 밝혀지고 있다.

누구도 손대기를 꺼렸던 불가침의 성역이었던 기성 종교가 사실은 미숙한 인간 정신이 낳은 사생아이며, 그래서 사람들의 의식이 깨어나고 있는 이 시대에는 더 이상 먹혀들지 않는다는 사실을 알게 된 것이다.

물론 모든 종교가 다 그렇다는 말은 아니다.

기성 종교 또한 그 출발점은 '깨달음'이라는 의식 자체의 자각에서 출발했으나 그것이 전승되는 과정에서 의도적으로 윤색되거나 또는 무지에 의해 덧칠되어 그 본래의 순수성을 잃어버렸다.

깨달음의 본질은 모든 인간은, 아니 존재하는 모든 것은 동일한 신성(神性)의 현현이라는 진리를 스스로 확인하는 것이다. 그러나 조직화된 기성 종교는 이 본질을 망각한 채 '개념과 이름'에 사로잡혀 분열과 분쟁을 조장하는 에고 집단으로 전락해 버렸다.

그대는 긴 잠에서 깨어나야만 한다.

그대가 유일한 실재이자 모든 것의 근원인데, 어찌하여 특정한 집단에 예속되어 스스로 죄인을 자처하면서 어린애처럼 생각 속의 절대자에게 울면서 매달리는가?

다행히 이 시대는 인터넷과 모바일의 발달로 영성에 대한 모든 정보와 깨어난 사람들의 생생한 증언들이 낱낱이 공개되어 있다. 그대가 관심을 가진다면 서로 비교하고 검토해 볼 수 있으며, 이성적인 판단에 따라 얼마든지 바른 길을 선택할 수 있다.

깨달음은 결코 신비하고 비이성적인 것이 아니다. 깨달음은 이성을 포용한다.

살아가면서 가치 있는 유일한 일은 그대가 잠에서 깨어나는 것이다.

이제 그대는 잠에서 깨어나야만 한다.

자신에 대한 무지와 그로 인해 야기되는 고통, 방향타를 잃고서 어디로 갈지 몰라 여기저기를 떠도는 삶에서 벗어나 평안과 사랑이 넘치는 참다운 삶을 살기 위해서는 그대가 잠에서 깨어나야만 한다.

잠들었던 의식이 실상으로 깨어나는 이 거대한 흐름은 이제 누구도 막지 못할 것이다. 누가 광대하고도 도도한 이 흐름을 막을 수 있겠는가?

이 흐름 위에 몸을 맡겨라.
그대는 머지않아 깨어나게 될 것이다.

2012년 12월, 벽공 김종홍

깨달음, 이것이다!

초판 1쇄 발행일 2012년 12월 22일
　　　3쇄 발행일 2020년 7월 8일

지은이 김종흥

펴낸이 김윤
펴낸곳 침묵의 향기
출판등록 2000년 8월 30일, 제1-2836호
주소 10380 경기도 고양시 일산서구 중앙로 1542(대화동)
　　　신동아노블타워 635호
전화 031) 905-9425
팩스 031) 629-5429
전자우편 chimmukbooks@naver.com
블로그 http://blog.naver.com/chimmukbooks

ISBN 978-89-89590-33-0　03810

* 책값은 뒤표지에 있습니다.